浙江省“十四五”重点出版物出版规划项目

浙江院士成长之路

贡院启航

丛书主编　徐善衍

执行主编　司马一民

分册主编　唐新红　高利

浙江教育出版社·杭州

序

走进青葱岁月　启航科学之旅

院士，是我国自然科学和人文社会科学学科的顶尖人才和杰出代表，他们的每一项创新、每一次发现、每一次突破，都推动了我国科技事业的蓬勃发展，他们的璀璨成就令世人瞩目。他们矢志科研、报效祖国，凭借深厚的学术造诣和无私的奉献精神，为中华民族伟大复兴作出了卓越贡献，为构建人类命运共同体贡献中国智慧、中国力量。

中国第一台每秒亿次运算速度的巨型并行计算机系统的诞生、东方红一号人造卫星的成功发射、亚洲特色古新世哺乳类动物化石的重大发现……信息技术的革新、生态环境的改善、医疗技术的进步、农业生产率的提升等，无一不深深影响着我们的衣食住行、健康福祉乃至思维方式，成为推动社会进步的内生动力源泉，不断引领人类社会向前迈进。在这些举世瞩目的成就背后，无不留下院士们不懈探索、勇攀科学高峰的坚定身影，他们在人类认知的前沿艰辛探索，深入探究自然与社会的本质和规律。

从青涩少年成长为科学巨匠，一路走来，并不容易，他们遇到过常人难以想象的困难和挫折，也经历过看不清前路的迷茫和彷徨，但他们凭借着开拓者的无畏勇气、探路者的胆识气魄、奋进者的昂扬姿态，克服艰辛，不懈探索，勇攀科学高峰。追溯院士们的成长之路，了解他们一路走来遇到的难题与困惑，领悟其不畏艰难、勇攀高峰的精神，更能够激发我们内心的力量，引领我们在追求真理、实现理想的道路上披荆斩棘、勇往直前。

这些科学巨匠经历了怎样的人生故事，又是如何坚守各自的初心与使命？浙江教育出版社推出《之江院士成长之路》，讲述了百位院士的成长奋斗故事，让学生阅读故事，体悟院士初心。

之江，浙江的别称，因钱塘江蜿蜒曲折如“之”字而得名。浙江山川秀美、人文荟萃，特有的地理环境造就浙江人民自强不息、厚德崇文的气质品格。“浙”里走出多位院士，“浙”里为这些院士的成长提供了丰富的养分，滋养了他们的学术根基，培育了他们求知探索的科学家精神和为祖国谋发展的爱国情怀。之江院士成长于浙江，扎根于浙江，对这片土地怀有深厚的感情，他们“饮水思源”，不忘故乡，反哺故乡，《之江院士成长之路》正是向学生们传达院士这份爱故乡、爱祖国的情怀。

我们正处在新一轮科技革命和转变发展方式的历史交汇期，各领域的科技蓬勃发展，新兴技术层出不穷，我们的生活方式因此产生了巨大变化；随着大数据和人工智能时代的来临，人们的思维方式正面临巨大变革。在这重要的历史节点上，以《之江院士成长之路》为桥梁，青少年可以跨越时空与院士进行深入的对话，通过院士的成长故事，学习他们如何做人做事，感受以爱国主义为底色的科学家精神，获取解开成长道路上困惑和迷茫的钥匙，守正创新，启航未来，奋力追逐自己的人生理想。

少年强则国强。我们希望，通过这套丛书，能够提高学生的科学素质，培育具备科学家潜质、愿意献身科学研究事业的青少年群体，为国家培养堪当时代重任的社会主义建设者和接班人，为加快建设教育强国、科技强国、人才强国贡献力量，为全面建设社会主义现代化国家夯实基础。

是为序。

中国科协—清华大学科技传播与普及研究中心理事长　徐善衍

写在前面

《之江院士成长之路　贡院启航》所介绍的院士不仅与杭州有着不解之缘，更与浙江省杭州高级中学（简称“杭高”）这所名校，与“浙江贡院”这个名字密切相关。因为这些院士都是杭高的校友，都在贡院这片土地上留下了成长的足迹。

杭高的这段介绍可作佐证：

杭高贡院校区是明清浙江贡院旧址，王阳明、张苍水以及明清两代浙江的数百位进士曾在此参加科举考试。1905年废科举后，浙江贡院改建为学校。百年杭高，人文兴蔚，人才辈出，是浙江省新文化运动中心、浙江红色文化发源地。鲁迅、李叔同、沈钧儒、经亨颐、马叙伦、夏丏尊、朱自清、叶圣陶等名家大师教于斯，徐志摩、郁达夫、潘天寿、丰子恺等文化名流长于斯，俞秀松、施存统、汪寿华、梁柏台等仁人志士传于斯，徐匡迪、徐光春、卢展工等杰出校友成于斯，更有53位院士启航于斯。杭高被誉为“江南名校”“院士的摇篮”。

人文蔚钱塘，多士跻跄趋一堂。这“一堂”是杭高，也是贡院；这“一堂”有启航，更有传承。今天，我们通过这本书一起回望院士们的成长故事，学习他们读书进取和敢为天下先的精神，和他们一样与时俱进，“复兴华夏为国光”。

（注：本书中的院士排名不分先后，按姓氏笔画排序）

目　录

丁舜年 中国电机事业的开拓者 ··· 1

在困难的条件下,唯有知难而进,才有可能取得成功。

不要等自己以为的条件都准备好了再开始,要敢于接受挑战。

马叙伦 献身家国的教育家 ··· 13

宁为自由而死,不为奴隶而生!

朱洪元 遨游粒子世界的理论物理学家 ································· 47

科学问题,懂就是懂,不懂就是不懂。

李正武 中国磁约束核聚变奠基人 ……69

我一定要回到祖国，那里有我未竟的梦想。

吴自良 “两弹一星”元勋 ……81

我做的事主要是向科研第一线的同志学习，把复杂的技术问题从学科角度加以分解，把问题分解出来以后，提请有关的科研人员和专家来解决。

吴祖垲 点亮中国第一盏日光灯的先驱 ……93

科技工作要有百折不挠、不怕失败、不畏艰难争取最后胜利的奋斗精神。

邹元爔 冶金领域活度理论先驱 ……103

故乡胡骑满，何处寄吟身。万里劳相问，相思此夜新。

沈志远 人民的哲学家 ……115

一切大众，都有属于自己的哲学。

张效祥 “中国计算机之父” ……127

真正好的东西是买不来的。只有我们自己掌握核心高技术，才能保证国家经济、社会的快速安全发展。

目 录

陈　达　　扎根在土地上的社会学家 ················139

　　靠资料立论，用数字说话。

陈建功　　中国函数论的开拓者 ···················149

　　我热爱科学，科学能战胜贫困，真理能战胜邪恶，中华民族一定能昌盛。

陈望道　　发凡真理的语言学大家 ················161

　　学生要明辨是非，反对权威。先生有不对的地方，学生应该批评，不批评的不是好学生。

金玉玕　　国际地层学的"'金钉子'之父" ·············173

　　这同时也让我真正醒悟了：只有靠自己努力学习知识，才能改变自己的命运。

周廷儒　　中国地理学的开拓者 ···················181

　　要把书本知识学活，到大自然中去认识世界、改造世界。

周明镇　　古代生物学泰斗 ·····················191

　　更多的工作应靠年轻人去做。他们思想开放，更容易找到先进技术和方法，比我们老的强。我愿意为他们抬轿子。

胡海昌　担纲中国首颗人造卫星设计的力学家 ·············201

　　国家兴亡，匹夫有责。我们这一代人，必须肩负起振兴中华的重任。

姜立夫　中国现代数学的播种者 ·············213

　　路是人走出来的，但最早开路的人总要付出更多的代价。

斯行健　"中国古植物学之父" ·············225

　　急于求成不是做学问的态度。青年人一定要坐得住，要能潜心于学，才有学好的希望。

程纯枢　一生与风云结缘的气象学家 ·············237

　　按所中之训令，乃为我之安全着想，而我等仍得为责任，相机而行。此机智相诚令人不得安枕。

程裕淇　为国寻矿育才的地质学领路人 ·············245

　　如果不能亲自上山指导研究生工作，我就不再带研究生了。

后　记 ·············255

丁舜年

中国电机事业的开拓者

在困难的条件下，唯有知难而进，才有可能取得成功。
不要等自己以为的条件都准备好了再开始，要敢于接受挑战。

在绿树掩映的校园里，红墙似乎在诉说着历史的沧桑，而下课后学生们的欢声笑语又给古朴的校园注入了无限的生机。阳光穿过树梢，斑驳地洒在红墙上，每一道光线都像是在画布上绘制着希望的色彩。一个男孩坐在教室里看着窗外，他一直在皱着眉头沉思，与轻松愉悦的氛围格格不入。

教室里的沉思者

老师发现了这个一直在皱着眉头沉思的学生，他下课后总是如此。这与其他同学放松嬉戏的状态形成了鲜明对比。老师走近他，关切地询问原因。他深邃的目光中透露出一股坚定，摇摇头，说："没事。"

这个习惯皱着眉头的思考者，就是丁舜年。他的内心深处有自己的忧虑。

丁舜年的少年时期，正值国家动荡、民族危机四伏之际。这一时期的社会背景和国家形势深深影响了丁舜年的思想和情感。他的爱国之心在这样的环境下被深深激发。在浙江省立第三中学校（今浙江省湖州中学）读书期间，丁舜年就参加了反帝反封建运动和抵制"日货""洋货"的示威游行。那时候，还在读初中的他，心中便有了明确的志向——"我要让祖国更强大"。

年少的丁舜年深知，只有依靠科技的进步和工业的发展才能真正实现国家的独立与强大。因此，他立志要深入学习数理化，为将来能够在科技领域为国家作出贡献奠定坚实的基础。在“振兴工业，富国强兵，抵御外侮”思想的影响下，丁舜年初中毕业后，毅然考入浙江省立第一中学（今浙江省杭州高级中学）学习理科。

进入高中以后，他如愿对数理化课程进行了更深入的学习。这些课程不仅令他着迷，更在他心中播下了一颗种子——将个人的热爱与国家的需要紧密相连。他明白，科技是国家发展的重要基石，而工业的振兴是实现国家富强的关键。他深知，个人的力量虽小，但汇聚成海洋，便能推动国家的前进。因此，他立志要深入学习这些科学知识，梦想着有朝一日能够进入理工类大学，专注科学技术研究，为振兴民族工业、推动国家科技进步贡献自己的力量。

丁舜年的理想并非空想，他每一天都在为之努力。他沉浸在数理化的海洋中，试图找到科学研究与国家振兴之间的桥梁。在图书馆的长椅上，他与书本对话，从牛顿到笛卡尔，他试图汲取每一位先贤的智慧，为自己的理想筑基。在教室的讲台前，他向老师请教，不仅请教学术问题，还与老师就国家未来发展展开探讨。他的观点富有洞见，每一次讨论都令老师感到耳目一新。

“教室里的沉思者”，便是同学和老师眼中丁舜年的形象。这样的丁舜年，如同那绿树红墙下的一抹亮色，虽然年纪轻，但他思想深邃，心怀宽广。他的梦想和行动，正是对“振兴工业，富国强兵，抵御外侮”这一思想的最好诠释，也是对“科学救国”“实业救国”精神的传承和发扬。后来，丁舜年于1928年以全省第四名的优异成绩考入国立交通大学（上海本部）（今上海交通大学）电机工程系。

走出交大，走向工厂

丁舜年，这位杭高校园里的沉思者，其心中始终燃烧着一团振兴工业、报效国家的火焰。1932年，他以优异的成绩从大学毕业，获得工学学士学位，并留校任教。但对于丁舜年而言，虽身处学术殿堂，却难以平息心中那份想要实实在在为国家做点力所能及的事情的冲动。

上海华生电器制造厂始创于1916年，是当时国内一流的民族工业企业。1934年，上海华生电器制造厂和国立交通大学开创了校企合作的先例。

此时，24岁的丁舜年，没有一丝犹豫，毅然做出了一个重大决定——辞去大学助教职务，转而加入上海华生电器制造厂，成为一名工程师兼技术科主任。这无疑是他人生轨迹中的一次巨大转变，也是他真正实践“实业救国”理念的开端。

走进上海华生电器制造厂的那一刻，丁舜年仿佛看到了一个全新的世界。每一道工序，每一个零件，都在向他诉说着这片未知疆域的神奇。然而，这个新世界同样布满了挑战和难题。丁舜年凭借满腔的热忱，投身于这片充满可能性的土地，很快，他便迎来了职业生涯中的一大挑战。

丁舜年首次承担的任务，是试制一台大电流直流发电机。这台发电机的规格要求为15伏、1500安，转速高达1440转/分，其制造难度不言而喻。他在电磁和结构设计方面虽未遇到太多困难，但在制造直径庞大、转速惊人的换向器上却遭遇了重重阻碍。

面对挑战，丁舜年没有多说什么，他只用行动回应。每天晚上，丁舜年都坚定地站在工厂里。昏黄的灯光下，他眉头紧锁，目光如炬。他知道，面前的每一次失败，都是迈向成功的必经之路。他鼓励着研究团队，一次又一次地调整参数、优化设计。每当夜深人静，大家疲惫不堪时，丁舜年总是那个最后离开的人，他的坚持和毅力激励着每一个人。经过无数个日夜的努力，他们终于突破了技术难关，创造了奇迹，成功试制了新型发电机。他们用实际行动诠释了精雕细琢、精益求精的工匠精神。这次磨砺使丁舜年意识到，每一项技术的创新，每一次工艺的改进，都需要克服重重困难，就如同他所说的那样：“在困难的条件下，唯有知难而进，才有可能取得成功。”

“华生”牌电扇广告

在上海华生电器制造厂的岁月里，丁舜年面临的挑战不计其数，但他始终如同一位孜孜不倦的探索者。他的眼界不局限于普通的电扇功能，而是深入“华生”牌电扇的每一个细节，从内部机制到外观设计，每一次改进都是对完美的追求。夜晚的灯光下，他的身影总是那么专注而坚定，他的心里只想着一件事——将电扇的性能提升一个高度。在追求“无声”电扇的过程中，丁舜年领导的团队经历了无数次的失败和重来。每一次微小的进步都让这个团队看到希望的曙光。当国内第一台真正意义上的“无声”电扇在静谧的夜晚轻轻旋转时，那几乎无声的风，如同夏夜的微风，轻柔而舒适，他们知道，所有的努力都是值得的。正是这些创新，让“华生”成为国内电扇市场的佼佼者，并迈向国际市场。

1945年抗日战争胜利后，丁舜年凭借其卓越的专业能力，被国民政府资源委员会中央电工器材厂所属上海制造厂聘为工程师兼电机组组长。在丁舜年的精心组织与领导下，该厂着手制造变压器和异步电动机，并成功设计制造出了当时国内最大的交流同步发电机。中华人民共和国成立后，该厂逐渐壮大，并发展成为全国知名的电机厂，为我国电机制造业的繁荣作出了重要贡献。不仅如此，丁舜年还成功研制了无轨电车直流牵引电机，指导研制新型电工材料和绝缘材料……这些成就体现了他卓越的技术水平。

无轨电车

丁舜年的经历，可用“长风破浪会有时，直挂云帆济沧海”来形容，他的每一步都是勇往直前、不屈不挠的力量的展现。从大学讲台走向工厂一线，他在完成角色转换的同时，毅然直面自我挑战和积极响应国家号召。

丁舜年（前）在中国电机工程学会第五次全国会员代表大会上

丁舜年总说：“不要等自己以为的条件都准备好了再开始，要敢于接受挑战。”他的一生便是如此，始终放开手脚，选择更冒险、更有挑战的研究方向，在新中国电气工业和电工学术界留下了浓墨重彩的一笔。在静谧的沉思中，丁舜年领悟了知识积淀的重要性，他深耕数理化的田野，为未来的探索奠定了坚实的基础。而在实践的疆域里，丁舜年展现了他“科学救国”的坚定信念。面对挑战，他从不会等待完全准备好、等待全副武装好才敢迈步，而是以敬畏之心迎接每一个挑战，以尊重、创新的姿态开启每一次实践的征程。

丁舜年的一生，宛如一首用沉思与行动的笔触书写的工业诗歌。他以“实业救国”“振兴中华”为己任，是吾辈后学的楷模。

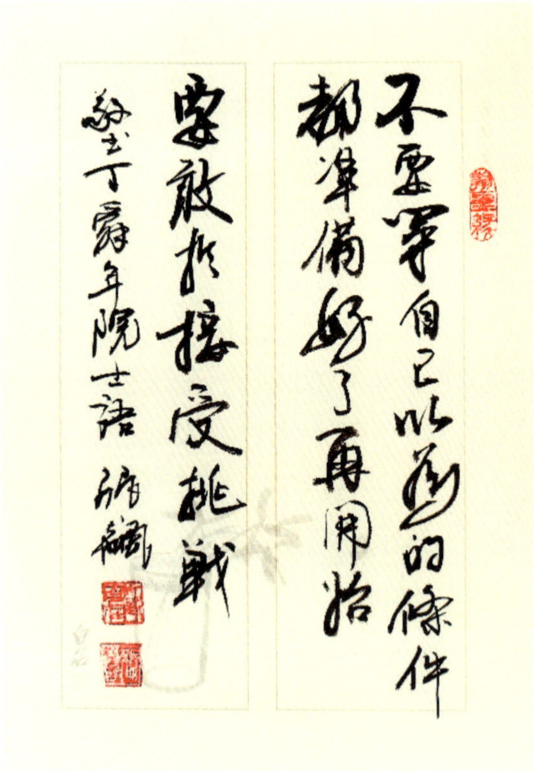

丁舜年院士寄语

精神闪耀

在杭州这座古城的怀抱中，浙江省杭州高级中学（简称“杭高”）以其独特的地理优势、丰富的人文底蕴和浓厚的校园文化，培育了无数杰出的学子。丁舜年虽因工作繁忙难得返回母校，但每每提及杭高，他的言语中总是充满了对那片红墙绿树的深深眷恋之情。

丁舜年曾多次向弟弟丁鹤年娓娓道来他在杭高的美好时光。他讲述了校园里那些承载着厚重历史的古建筑，那些沐浴在晨光中的青石板路，那些岁月静好的学习时光。他提到了杭高的名师，他们不仅学识渊博，更以其高尚的师德和对学生的深切关爱，成为丁舜年心中的楷模。

丁鹤年被哥哥的描述深深吸引，他对杭高充满了向往，下定决心要到杭高求学。当他踏入杭高的那一刻，发现杭高的一切如同哥哥所描述的那样美好。他在这里接受了系统的教育。1933年，他参加了浙江省首次高级中学毕业会试，以第一名的成绩免试升入浙江大学，翌年春又考入清华大学土木工程系。

丁舜年和丁鹤年都同样从杭高那历史悠久的甬道上走过，都同样在校园的古树下漫步过，都同样在晨光熹微之际听着校园的钟声走进教室。

两兄弟相差五岁，都在杭高度过了他们的青葱岁月。对每一道数学题目的探索，对每一个化学实验的好奇，对每一则物理定律的钻研，都在不知不觉中铸就了他们坚实的学术基础。那些关于“振兴工业，富国强兵，抵御外侮”的话语，不仅是对“科学救国”“实业救国”精神的传承和发扬，更是他们对未来人生道路的思考与规划。

丁舜年以他对电器工业的深刻见解和不懈努力，在新中国的电器领域留下了浓墨重彩的一笔。丁鹤年则在水利工程领域作出了卓越贡献。两兄弟虽然研究领域不同，但都凭借着同样的热爱和执着，走出了杭高校园，走向了更广阔的天地，用他们的智慧和汗水，为国家的发展注入了新的活力。

他们的故事，不仅富有科学研究的传奇因子，更饱含对求学之地——浙江深深的情感寄托。他们的足迹遍布学术殿堂和工业战线，但心中始终装着那个被红墙绿树掩映的校园。丁舜年曾说：“在杭高，老师们的每一句鼓励、每一堂生动的课，都深深植入了我的心田。”

“谁道青山行不尽，更向深山深处行。”他们用自己的经历告诉每一位杭高学子，无论未来的路有多么崎岖，只要保持对知识的渴求、对创新的追求，就能为社会、为国家作出自己的贡献！

院士小传

丁舜年（1910—2004），原籍浙江长兴，生于江苏泰兴。电机工程学家，中国科学院学部委员（院士）。

1928年，丁舜年从浙江省立第一中学毕业，考入国立交通大学（上海本部）电机工程系，1932年毕业。1947年，丁舜年到美国西屋电气公司实习，同时在美国匹兹堡大学研究生院进修。1958年，调任第一机械工业部电器科学研究院院长。1980年，当选为中国科学院学部委员（院士）。

丁舜年长期从事电工产品设计和电工技术科研领导工作。他主持设计了国内最大的自制交流同步发电机、低噪声新型“华生”牌电扇等，对我国电机、电器工业发展作出了重要贡献。

执笔：黄敏华

杭高贡院校区校门

马叙伦

献身家国的教育家

宁为自由而死，不为奴隶而生！

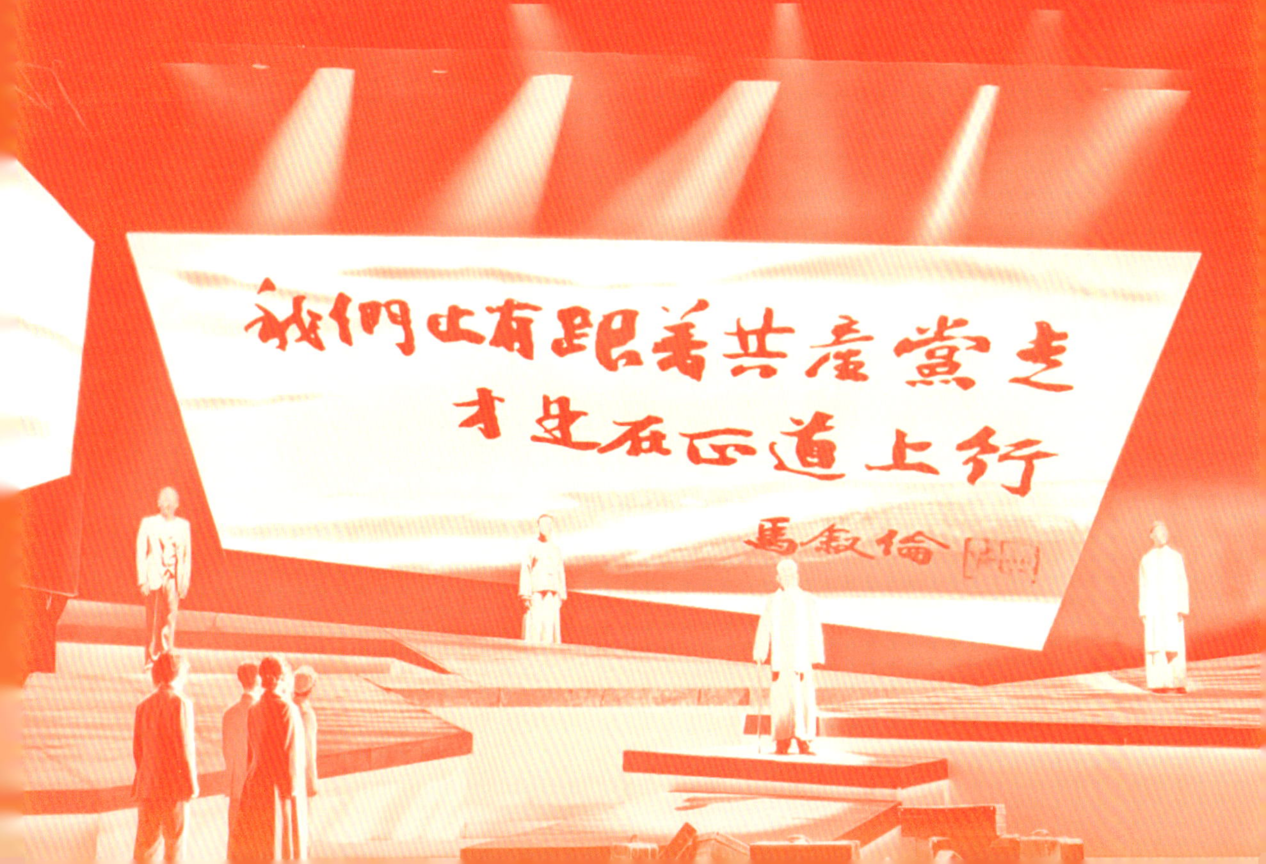

“端童蒙之趣向，植人才之始基。先授以中国根柢之学，使之正心术，明伦理，通晓故实，广识门径，而后以通今致用之学进之……”1899年，由时任杭州知府林启创办的新式学堂养正书塾正式招生。在学堂贴出的章程前，一个眉目俊朗的少年正津津有味地阅读着，眼中闪动着憧憬的光辉。读完章程，他立马兴奋地冲回家，劝说母亲将他从宗文义塾转入这一新式学堂。这个少年就是马叙伦。

年少立志

1885年，马叙伦出生在杭州的一个知识分子家庭。十岁丧父后家庭陷入困境，母亲以刺绣维持生计并供他求学。1899年，马叙伦进入养正书塾（今浙江省杭州高级中学）读书。作为新式学堂，养正书塾开设国文、历史、地理、数学、外语等多种课程。最初，马叙伦对从未接触过的数学、外语等科目颇感头疼，但他国文基础扎实，加上天资聪颖、勤勉好学，成绩稳居班级前茅。他在半年时间内连续七次考试夺冠，两年时间内接连“跳级”升班，很快就成了特班生。

在养正书塾，他遇到了重要的恩师——总教习陈黻宸。陈黻宸出生于温州书香世家，既有渊博的旧学功底，又富民主革新思想，当时在杭州声名赫赫，有“浙江大儒”的美誉。

彼时的清政府正处于风雨飘摇之际。戊戌变法失利，义和团运动激荡，八国联军攻占北京，逼迫清政府签订了丧权辱国的《辛丑条约》。陈黻宸便在课堂上引导学生关心时事，还推荐他们阅读爱国、进步书籍。在他的指导下，马叙伦不仅读了王夫之的《黄书》、黄宗羲的《明夷待访录》和留云居士的《明季稗史汇编》中的《扬州十日记》《嘉定屠城纪略》等，萌生了民族意识，还阅读了孟德斯鸠的《法意》（今译《论法的精神》）、卢梭的《民约论》（又译《社会契约论》）等西方现代政治学著作，受到了天赋人权、平等自由等民主启蒙思想的影响。

1901年，杭州养正书塾改名为杭州府中学堂，增设师范生班，并指定马叙伦、汤尔和、杜士珍等六名师范生担任预备班教师。马叙伦遵照从陈黻宸那里学到的“不愤不启，不悱不发”的教学方法，还创新性地采用民主讨论方式授课，深受学生喜爱。此外，他在学校活动上也颇为活跃：带头组织并成功说服校方增设体操课，自己还意外获得了第二名的佳绩；组建学生会，举办演讲、辩论活动；自办图书馆，订购报刊；等等。

在他即将毕业时，发生了一次意外的“学潮”事件。时任杭州府中学堂的学正古板守旧，与学生们不和，龃龉日深。这天，几位学生因在食堂用餐时谈天说地被学正训斥，互相争执起来。学正气得大拍桌子，怒而向监督告状，要求严惩学生。马叙伦等几名同学十分心急，连忙请来身为总教习的陈黻宸求情。而陈黻宸也是急性子，见监督执意要开除学生，便脱口而出：“那么我辞职吧！”学生们听闻，纷

离开府中学堂不久的马叙伦

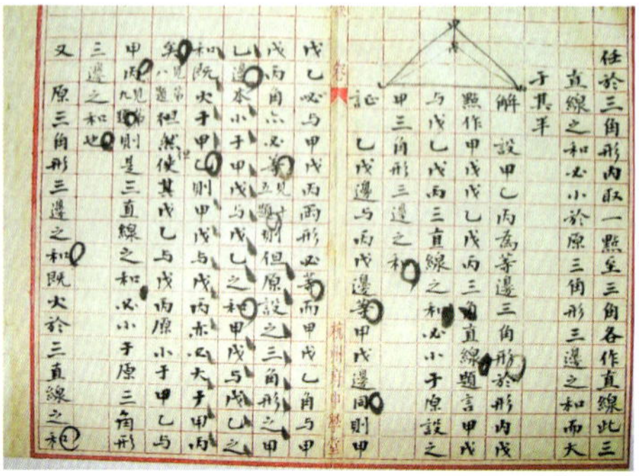

马叙伦的几何作业

纷声援陈黻宸，“陈先生辞职，我们也走！”并相约离校罢课以示抗议。校方采用分化的策略，劝返了一部分学生，为示惩戒，将马叙伦等五名师范生开除了学籍。此事更坚定了马叙伦的革命信念，于是，他便跟随陈黻宸赴上海办刊，宣扬新思想。

在养正书塾（后改名为杭州府中学堂）学习、生活的三年，马叙伦的心中深深种下了教育和民主的种子，这两者也成了他终身的志业。

教育大家

历经四十余载教育耕耘，马叙伦始终坚定不移地探究和践行民主教育思想，持之以恒地为中国教育事业的复兴与发展倾注心血。他担任过中学、大学等学校教职，还做过校长、教育厅厅长、教育部次长等，1949年后他又出任了新中国第一任教育部部长和高等教育部部长。

这当中，他与杭州多次结缘。

1912年，马叙伦受聘执教于浙江省立两级师范学校（1913年改名为浙江省立第一师范学校，即今浙江省杭州高级中学）。时任校长的经亨颐秉持与时俱进的办学理念，进行了大胆的教育改革，尤其强调人格教育，推崇艺术与科学并重，逐步将学校打造成了浙江新文化运动中心。学校的师资阵容也空前强大，汇聚了诸如沈尹默、李叔同、夏丏尊等多位享誉一时的名师大家。

因“一师风潮”事件，经亨颐辞去校长之职，继任者姜琦仅上任一年又辞职，于是马叙伦在1921年从北京大学（校名几经变迁，后均称“北京大学”或“北大”）调至浙江省立第一师范学校（简称“浙江一师”），任校长。他将北京大学的治校理念带到浙江一师，同时支持学生自治会的民主管理；细致地制定了新的学生时间表，减轻他们的学业负担；改善学校伙食、卫生条件，保障学生身体健康。他还力邀朱自清、叶圣陶到校任教，使学校的文学氛围更趋浓厚，中国最早的新诗社团“晨光社”“湖畔诗社”相继诞生。

1922年1月，杭州中等以上学校校长在浙江一师开会，讨论新学制改革系统案与教育独立案，马叙伦任会议主席。6月，他被任命为浙江省教育厅厅长。他深感此时正应改革浙江教育，随即率队到萧山（今杭州市萧山区）、绍兴等地考察，开创了教育厅厅长亲身走访、考

1949年11月1日，在中华人民共和国中央人民政府教育部成立大会上，正在发言的马叙伦

察的先河，倡导了良好风气。9月，他接任教育部次长，赴北京任职。他先后又任代理教育总长、北京大学教授等。

中华人民共和国成立后，马叙伦欣然担任第一任教育部部长。他深知党和人民赋予的重大使命与殷切期待，全身心投入人民教育的事业中。在第一次全国教育工作会议上，他明确提出要彻底改革旧教育，有计划有步骤地推进变革。在他的支持下，一批新型学校拔地而起，教育普及面不断拓展：广大工农群众进入学校接受正规的科学文化教育，职业教育稳步兴起，中等教育进一步改革，民族地区的教育议题也被提上议程。马叙伦尤为关注学生的全面发展，积极调整学生的作息安排，减轻学业压力，保障其身心健康。新中国的教育事业呈现出日新月异的蓬勃发展势头。

1952年，马叙伦转任高等教育部部长，继续推进全国高等院校的院系大调整。此次调整旨在改组综合性大学，重点增强工程类、师范类等专业院校的实力，以满足国家建设对专业技术人才的需求。1953年，调整大致完成，从根本上扭转了原来院系庞杂、学科混乱的局面，为国家培育优质人才构建了坚实基础。这次改革也为中国高等教育体制的发展构筑了基本框架。

马叙伦的教育主张与办学实践，如同一面镜子，映照出教育的本质与目标，也为我们当前乃至未来教育事业的发展提供了宝贵的参考与借鉴。

坚强的民主战士

马叙伦认为“教育是政治的一环”，他积极投身于清末及民国时期的民主革命运动。

20世纪20年代的北京（北平）正处于军阀割据的动荡时局中，马叙伦始终坚持民主进步立场，与当时的中国共产党领导人李大钊、陈独秀等都有往来，并在关键时候帮助他们躲避反动政府的追捕。1931年，九一八事变爆发，标志着日本帝国主义侵华战争的开端，民族危难之际，马叙伦主动发起组建了北平文化界救国会并任主席，高呼“宁为自由而死，不为奴隶而生”。1937年后，他携家人在上海隐姓埋名，虽然生活困苦，但他坚决抵制与日伪政权的任何合作。

抗日战争胜利后，国民党再起兵戈，和平化为泡影。1945年12月，马叙伦等人在上海发起成立了中国民主促进会，并发表宣言，向国民政府提出改革内政、实现民主、停止内战、还政于民、制定宪法、撤退驻华美军等八项要求。1946年6月23日，以马叙伦为首的上海民众代表团赴南京请愿，不料竟在火车站遭到反动派组织的几百名暴徒殴打，几名代表都被打成重伤。当晚，周恩来向国民政府提出强烈抗议，并偕董必武、邓颖超赴医院探望马叙伦。这使马叙伦充分

马叙伦手书的“得宿”二字

认识到共产党才是真正的革命希望。1947年后，他转移到香港，秘密进行斗争。

1948年4月，中共中央向各民主党派、人民团体发出倡议，召开政治协商会议以组建民主联合政府。在中共的引导和保护下，马叙伦等众多民主人士秘密北上，奔赴新生的解放区。马叙伦积极参加新政协的筹备工作，并负责拟定国旗、国徽、国都、纪年的方案。1949年10月1日，中华人民共和国开国大典在北京天安门广场隆重举行，马叙伦也在天安门城楼上见证了这一历史性的时刻。经历了半生沧桑与辗转，此刻他深深感受到个人命运与人民福祉的紧密相连，不禁感慨万千，提笔挥毫“得宿”二字，寄托对新国家、新时代的归属之情。

在此之前，即1949年9月，在中国人民政治协商会议第一届全体会议上，他提议用《义勇军进行曲》作为国歌，获得通过。10月9日，在中国人民政治协商会议第一届全国委员会第一次会议上，他再次提出将10月1日设立为中华人民共和国国庆日，获得了全体委员的一致支持。

“吾侪须努力，前路日光明。”马叙伦的一生，正是不断为光明的未来而追寻、奋斗的中国知识分子最好的写照。

1946年，马叙伦（右一）等代表赴南京请愿，出发前在上海火车站的合影

马叙伦在全国政协第一届全体会议上发言

精神闪耀

马叙伦与浙江尤其是杭州的联系无比深厚，这片土地见证了他的学术成长与教育事业的发展。从求学之初在宗文义塾、养正书塾刻苦钻研，到之后在浙江一师执掌教鞭，乃至担任浙江省教育厅厅长这一要职，他的足迹遍布浙江，深深烙印在他辉煌的教育生涯之中。

他与同时代浙江地区的诸多文化名流交往甚密，诸如章太炎、陈黻宸、李叔同、沈尹默、夏丏尊等大家。彼此间亦师亦友，志趣相投、学术互进，在中国现当代文化史上留下了浓墨重彩的一笔。

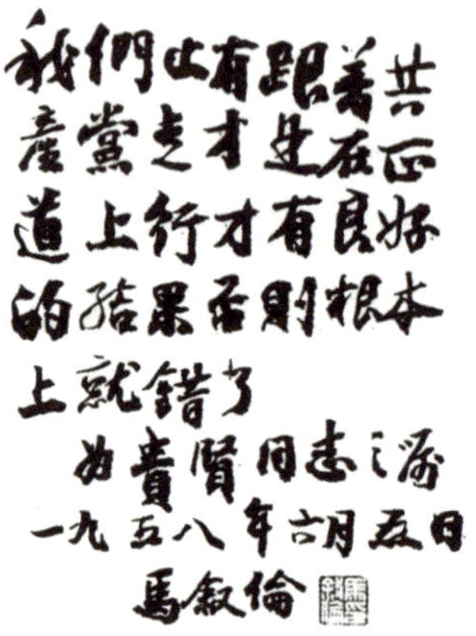

马叙伦手迹

“昔人已乘黄鹤去”，但先生山高水长之风，常留世间。如今，在他曾任教的杭高校园里，竖立着纪念他的雕像，仿佛仍在传递着他的教诲与精神力量。杭州师范大学内的马叙伦历史资料陈列馆修缮一新，继续传承着马叙伦留下的珍贵历史遗产，成为后人了解与研究这位伟大教育家和社会活动家的重要场所。

院士小传

马叙伦（1885—1970），字彝初、夷初，号石翁、寒香、石屋老人，浙江杭县（今杭州）人，祖籍绍兴。著名教育家、语言文字学家、社会活动家，中国民主促进会的主要创始人和中央理事会主席，中国科学院哲学社会科学部委员。

1899年，马叙伦入学养正书塾。1902年，肄业于杭州府中学堂。1911年夏，赴日本留学并加入中国同盟会。1921年，任浙江省立第一师范学校校长，后历任浙江省教育厅厅长、北洋政府教育部次长、国民政府教育部次长。1945年，发起成立中国民主促进会，长期从事民主活动。中华人民共和国成立后，历任中央人民政府委员、政务院文化教育委员会副主任、首任教育部部长、高等教育部部长等。

执笔：陈珑

浙江省立第一师范学校校门

王伏雄

植物胚胎学和孢粉学的引领者

科学研究没有一条平坦的成功之路，只有坚持长期努力，不断向前，参与克服一个又一个的难关，才能取得最后的胜利。

面对浩如烟海的名著、栩栩如生的人物、光怪陆离的社会，充满想象力的王伏雄在异彩纷呈的文学世界里感到十分满足。在老师们的悉心指导下，他还开始尝试创作新诗和小说——这是在浙江省立高级中学（今浙江省杭州高级中学）读书时王伏雄的生活日常，每一天都有条不紊又趣味盎然。就在此时，另一个世界的大门正在向王伏雄缓缓打开，他越来越感受到它的吸引……

一生志业，热爱使然

1913年，王伏雄出生在浙江省兰溪县（今兰溪市）西乡的一个知识分子家庭，他的父亲王秉珪是当地知名的中学教员。潜移默化中，王伏雄从小就爱读书，领悟能力强，学习成绩名列前茅。1926年，他考入东阳县立中学。翌年秋天，他的父亲调到浙江省立第八中学校（今浙江省衢州第一中学）工作，王伏雄也随同入校学习，在这里，他每学期的总分都保持在班级前三。

1929年夏天，王伏雄考进了当时全国知名的浙江省立高级中学。入学后，他被编在文科班，每天他都会投入大量时间阅读名著，创作新诗、小说……徜徉在文学世界中的王伏雄，过得不亦乐乎。但随着学习的逐渐深入，他发现了自己更深的热爱，而这份热爱成了他为之奋斗终生的事业。

当时，学校使用的生物学课本由著名动物学家、遗传学家陈桢教授编著，这套书内容扎实丰富，讲解深入浅出，读起来特别吸引人。而当时教生物的老师，上课十分有趣，王伏雄时常陶醉其中，以至忘记了时间。正是这份热爱，让王伏雄对未来专业的选择陷入了两难之境：一边是文学世界的奇妙想象，一边是广袤无垠的生命奥秘。在许多个静谧的夜晚，王伏雄一次次叩问自己：究竟应该选择哪条道路？最后，他选择听从内心最深处的声音——学习生物。文学，令他心生向往；而生物，将成为他矢志不渝的人生方向。

1932年，王伏雄如愿考入清华大学生物系，他与生物的缘分，从此愈发紧密……

时局动荡，潜心科研

王伏雄的学习与科研经历看似平顺，实际上却充满艰辛。1936年，清华大学本科毕业后，他又成功考取了著名植物生态学家李继侗教授的研究生，从事牛耳草个体生态学的研究。1937年7月7日，卢沟桥事变爆发。北平沦陷后，清华大学南迁，他随学校在多地颠沛辗转。1939年，王伏雄在云南昆明的清华大学研究生院复学，之后，李继侗教授推荐他到北京大学张景钺教授门下，继续攻读硕士学位。两年多后，王伏雄以“云南油杉生活史”的相关研究成果取得硕士学位。

王伏雄的第一份工作是在清华大学农业研究所植物生理室，师从汤佩松教授，从事大麦多倍体细胞学研究。然而，抗战年代，研究者们面临着诸多今天我们无法想象的问题：国家财政困难，科研经费紧缺，教职员工流失，战争带来的贫困、疾病、饥饿……即便如此，王伏雄依然潜心钻研，在植物的世界里甘之如饴。科研成果的取得是艰难的，但也是可喜的：在云南松和云南油杉的幼胚培养上，他取得了阶段性成果；在植物花粉萌发与培养的实验工作中，他初步建立了百脉根花粉萌发的实验系统。这些都为他将来所从事的孢粉学研究打下了坚实的基础。

王伏雄致力于揭开植物的秘密

多年的积累让王伏雄的科研事业有了更多突破。1943年，而立之年的王伏雄获得了前往美国伊利诺伊大学深造的机会，师从美国著名植物胚胎学家巴克霍尔兹教授；1946年，他顺利完成博士论文《玉米杂交和自交胚发育的研究》，获得博士学位。同时，他还当选为美国Phi Sigma荣誉生物学家学会会员、美国西格玛赛科学研究荣誉学会会员、美国植物学会会员。王伏雄的科研能力与工作热情给巴克霍尔兹留下了十分深刻的印象，他极力挽留王伏雄留在美国。的确，相比于国内的战乱与国家的孱弱，当时的美国能提供极为优厚的生活待遇和科研环境，但这些，丝毫不能动摇王伏雄回国的决心。

是什么让王伏雄如此坚定呢？曾有记者采访他当时的心路历程，王伏雄回忆了两件往事。一件是抗战的时候，王伏雄在昆明读研究生，有一天刚一出门就遇到日军的空袭，他惊恐地回头望去，他的住处已经被夷为平地。还有一件是在新中国成立前夕，那时候通货膨胀十分严重，有个月王伏雄的工资居然达到了1亿多元。下班后，王伏雄拖着一个装得满满的麻袋回到家，两岁的孩子满脸好奇地问爸爸这是什么，他无奈地笑笑，随手抓出几叠钞票，让孩子拿去玩，当时的唏嘘，无论过去多久他都依然记得。祖国的苦难始终印刻在王伏雄的心里，他的科研注定要为祖国的未来与发展服务。

在后来的人生中，王伏雄还经历了不少坎坷，但他始终坚守着科研工作的方寸之地，从这里出发开拓出植物学的广阔边界。王伏雄说："科学研究没有一条平坦的成功之路，只有坚持长期努力，不断向前，参与克服一个又一个的难关，才能取得最后的胜利。"

投我以桃，报之以李

在王伏雄的科研道路上，曾有许多人给予他无私的指导与帮助：巴克霍尔兹教授、汤佩松教授、张景钺教授、李继侗教授和那位激发起他对生物无穷兴趣的高中生物老师，乃至，编著了生物学教材的陈桢教授、奠定了他一生学习热忱的导师——父亲……王伏雄从不将他所做的工作与获得的荣誉据为己有，他说："在历史的长河中，每个人只能贡献他的一部分。任何人的成就，实际上都包括别人的劳动在内。"

"投我以桃，报之以李。"王伏雄不仅是一位卓越的科学家，还是一位优秀的教育家，他将自己所受到的帮助，回馈给了许多在科研事业中孜孜以求的学生。他曾在同济大学、北京大学、北京师范大学、天津南开大学、北京林业大学、山东大学、南京农业大学、四川大学等高校担任教授或客座讲学，赴德国、法国、美国、澳大利亚、日本等国参加国际学术会议。在植物形态学、植物胚胎学、植物解剖学及孢粉学等领域培养了一批又一批高素养的硕士、博士、博士后，用可持续发展的力量为中国的科研事业作出了巨大贡献。如今，王伏雄的学生们已活跃在学术界的诸多领域，成为国家科研与教学的重要骨干力量。

王伏雄（前中）与中国科学院生物学地学部新老常委们的合影

精神闪耀

2018年9月，浙江省金华市兰溪市女埠街道办事处发布了一条道路命名征集令，决定针对6条集镇道路进行命名，面向女埠民众、乡贤以及关心支持女埠发展的社会各界人士广泛征集路名。在女埠小学的门口有一条无名路，连通原女埠大道与原环镇北路。关于这条学校门口的道路命名，“伏雄路”的呼声最高。

7岁那年，王伏雄进入穆坞村初级小学；13岁，他毕业于女埠平渡区立高等小学。王伏雄是从女埠走向世界的顶尖人才，这让今天的女埠人备感骄傲。以王伏雄的名字为这条道路命名，饱含着女埠人期望以王伏雄的故事激励女埠学子刻苦求学、造福社会的美好希冀。

在科研工作之外，王伏雄还对园艺与花卉保有浓厚的兴趣，他尤其钟爱我国的兰花。在国际兰花大会上，王伏雄多次介绍了中国的兰花资源和生产发展情况，努力让中国兰花走向世界。他还竭力推荐兰花作为他的家乡兰溪的市花，而今天，兰溪已经成为“中国兰花之乡”。

中国人历来将兰花与梅、竹、菊并列，合称“四君子”。的确，兰花初看并不引人注目，但它独具一种刚毅质朴、芬芳高洁的气质。或许，这正与一生潜心科研的王伏雄的气质相通。

院士小传

王伏雄（1913—1995），浙江兰溪人。植物学家，中国科学院学部委员（院士）。

1932年，王伏雄以优异的成绩从浙江省立高级中学考入清华大学生物系。1943年，他前往美国伊利诺伊大学深造，师从巴克霍尔兹教授。1946年，王伏雄回到祖国。1951年，任中国科学院植物研究所研究员。1980年，当选为中国科学院学部委员（院士）。

王伏雄主要从事植物胚胎学、花粉形态学的研究，尤其对裸子植物胚胎学及系统演化方面有系统的研究和见解，其裸子植物胚胎学与解剖学研究曾获中国科学院科学技术进步奖一等奖。他在我国首创近代植物花粉形态的研究，是我国现代孢粉学的奠基人之一。

执笔：徐胜

浙江省立杭高时期的校门

毛江森

“甲肝疫苗之父”

道德的激情能使人无所畏惧，但是科学的方法是解决问题的钥匙。

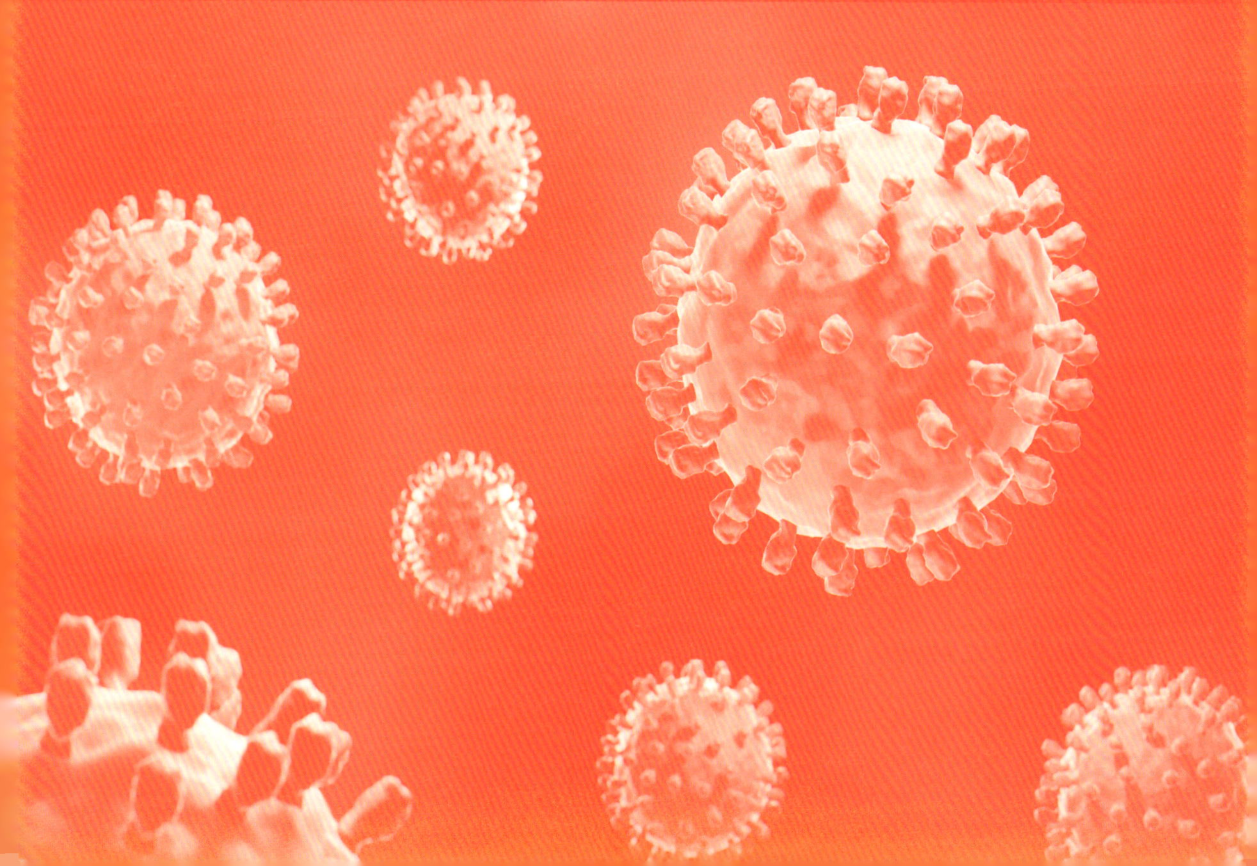

“维书啊，你怎么还起不了床呢？病我帮你生，你快好起来吧！”多年以后，在病毒学领域已然作出重大突出贡献的毛江森回望自己的人生，依然会想起童年时母亲说的这句话。

医路之始

1934年1月，毛江森出生在浙江省江山县（今江山市）的一个毛姓聚居的小山村——贺仓村。那时候国家积贫积弱，毛江森的父母都是农民，家里日子清苦，他们为这个维字辈的孩子取名为“维书”，希望他将来好好学习，做个有文化的人。儿时的维书身体弱，常常生病，农村里缺医少药，家里只能请来算命先生。算命先生说孩子命里缺木，于是父母为他改名为“樟森”。樟森上学后，嫌名字笔画太多，就自己改名为“江森”。

毛江森天资聪颖，从小成绩就名列前茅。但因为家庭贫困，长期营养不良，他的体质一直偏弱，体育成绩总是不能达标，按规定需要留级。惜才的老师们念及他学习刻苦，成绩拔尖，给他提供了破格升级的机会。1945年，他考入了江山县立中学（今浙江省江山中学）初中部；1949年，他又顺利考入了著名的浙江省立杭州高级中学（今浙江省杭州高级中学）。

“杭高是我的母校，杭高老师于我而言，就像是慈祥可亲的母亲。”回忆起母校，毛江森总是倍感亲切，“我当时在班级里的成绩很好，老师都挺喜欢我的，但是我当时个子在班里算矮的，老师就送了我一瓶鱼肝油，我吃完以后，个子蹿了六厘米，超过了一米六。当时能吃到鱼肝油不容易，不是贵不贵的问题，是很难买得到。”即便是成为著名的病毒学家之后，毛江森回到母校，还是会一遍遍地讲起这段经历。杭高老师曾给予的关怀与温暖，令毛江森终生难忘。

另一方面，高中阶段更加精深的知识、更加广阔的视野让充满好奇心的毛江森如鱼得水。他常常通宵达旦地解题，如饥似渴地做着各项实验。因此，即便是在“学霸”云集的省立杭高，毛江森的成绩依然可以“突出重围”。高中还没有毕业，老师便推荐他以同等学力考大学。在选择大学和专业时，毛江森的父母建议：“你从小体弱多病，把你带大属实不易，你还是学医吧！”当时，毛江森最喜欢，成绩也最好的科目是物理和数学，对生物的兴趣并不是特别浓厚，因此他陷入了矛盾之中。在犹豫和纠结之时，他的眼前仿佛又浮现出儿时病床前母亲担忧的神情，“维书啊，你怎么还起不了床呢？病我帮你生，你快好起来吧”。毛江森觉得，在积贫积弱的中国，还有成千上万的孩子和他一样，家境贫寒，无处求医；还有无数的母亲和他的母亲一样，含辛茹苦，拼尽全力想保护自己的孩子，却无能为力。终于，他决定了，学医，做一名治病救人的医生。1951年，毛江森考取国立上海医学院（今复旦大学上海医学院），开启了他的医学生涯。

“医学走的是一条奉献之路。”这句话，毛江森一直铭记在心。

道德的激情

1970年，毛江森被下放到甘肃省陇南市康县的岸门口公社卫生院，举家从北京搬迁到贫弱的偏远小镇。但不论在哪里，他都用自己的专业所学，热忱地为百姓们服务。

1974年，甘肃省陇西县出现了一件可怕的事：全县各地有多个婴幼儿死亡，当地人认为这是病毒性出血热，情况被上报到省里后，省里派毛江森前去诊察。到了县医院，毛江森看到了一幕极其悲伤的景象：孩子们将头靠在妈妈的肩膀上，不哭不闹也不发热，或许他们还不知道即将面对死亡；妈妈们的眼睛紧紧地盯着毛江森，眼神里满是绝望与无助，焦急地想从毛江森这里获得一丝希望。毛江森感到身上沉重的责任，他开始了夜以继日的调查，基本排除病毒性出血热的可能性，随着研究的进一步深入，他发现这个疫病很可能与当地人吃了长绿霉的玉米有关。当时，当地缺少粮食，只能从东北外调玉米供给当地人，因为路途遥远、日晒雨淋、储运不当，玉米长出了绿霉。但是，在那时的环境下，提出这样的假设是非常危险的，因为一旦推断有误，仍在接受“再教育”的毛江森就很可能被扣上“反革命”的帽子，原本窘迫的境况将更加艰难。但毛江森没有迟疑，面对这么多亟待挽救的生命，坚持科学、坚持真理是他义无反顾的选择。于是，他将自己初步调查与推断的结果向军代表汇报，提出可能是玉米长绿霉后产生了毒素，毒素通过母亲的乳汁进入婴孩体内，导致孩子的凝血机制被破坏。毛江森建议，可以停止吃这些外调粮两个星期，看看效果如何。结果正如他推测的那样，停止吃长绿霉的玉米后，当地不再有新病例产生。后来，兰州大学的科学家们对这些绿霉进行了研究，果然从中分离出了破坏凝血机制的毒素。

面对同样的情景，或许许多人的选择都会与毛江森不同，但毛江森的心里深深牵挂着百姓，所以他甘冒风险，也要坚持自己认为正确的事情。或许，那些孱弱的孩子和眼里写满无助的母亲，让他再一次想起了自己的母亲……后来，他曾在一篇文章里写道：“道德的激情能使人无所畏惧，但是科学的方法是解决问题的钥匙。”道德的激情与科学的方法缺一不可，它们成为毛江森践行终身的处事原则。

为百姓减轻一点病痛

1978年，毛江森结束了在甘肃的工作，被调到浙江省人民卫生实验院（今浙江省医学科学院），继续从事研究工作。当时，从研究者个人的职业生涯角度考量，肿瘤病毒研究和干扰素的研究是更加热门的选题，但毛江森认为，帮助百姓解除疾苦才是一位病毒研究者的使命。毛江森了解到，浙江多地农村的老百姓都深受黄疸肝炎（甲肝）之苦，这种病发病率高，病程长，有传染性，给老百姓的生命健康带来了巨大的威胁。于是，毛江森以全身心的热忱，夜以继日地投入甲肝疫苗的研究工作之中。

陈念良从前是浙江省人民卫生实验院的一名研究员，那一年，她刚从卫校毕业，跟着毛江森做研究。回忆起做研究的岁月，她依旧印象深刻。为了详细了解疾病流行的相关情况，毛江森花了大半年的时间，深入走访了杭州、宁波、绍兴等地患有甲肝的农民的家庭，与病人和家属交谈，记录病情与病人的生活环境。为将病毒分离出来进行科学研究，毛江森每天带着研究组成员挨家挨户收集甲肝患者的粪便，再挤公共汽车把它们从各个村子运送到实验室。当他们带着装有粪便的塑料袋坐在公共汽车上时，阵阵恶臭总是引人侧目。“收集标本是研究必不可少的第一步”，毛江森这样告诉陈念良。就这样，他们收集了至少100份样本，装了满满两大冰箱。

“当时还只有单休，可就是每周这宝贵的一天，他也从不休息，一心一意‘泡’在实验室里。”陈念良说。甚至有一年除夕，因为当时的浙江省人民卫生实验院没有相应的仪器，毛江森和助手不远万里

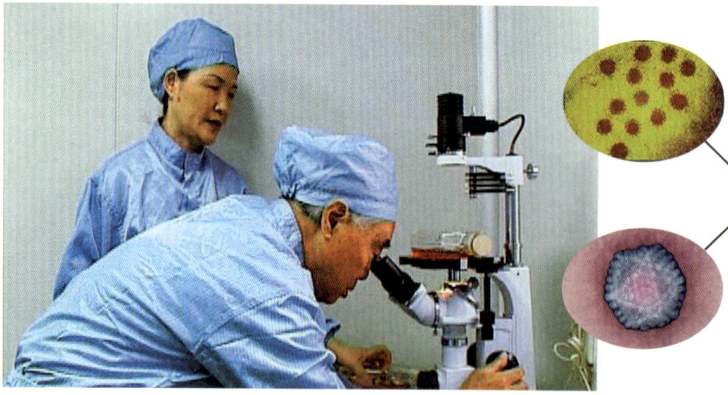

毛江森（前）与研究员陈念良

去到河北医学院，借用那里的电镜室观察病毒。“漂亮得很，漂亮得很，不得了。”几十年后，再提起第一次看到被分离出的甲肝病毒图像，毛江森依然由衷感叹。科研工作就是如此，长路漫漫，有苦有甜。

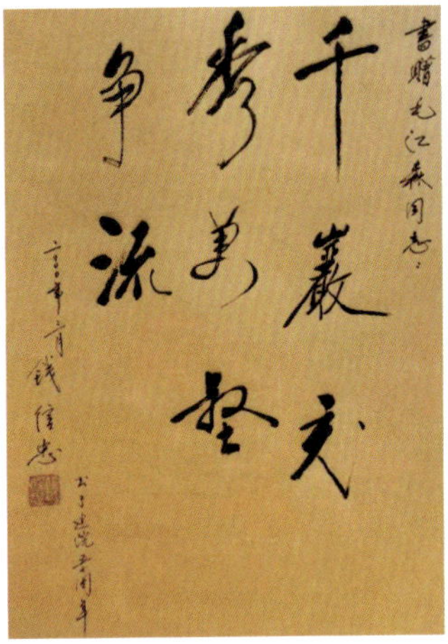

2000年，原卫生部部长钱信忠给毛江森的题赠“千岩竞秀，万壑争流”

1988年春天，上海暴发甲型肝炎，几个月的时间，30多万人集体发病。也正是这一年，通过长达10年的钻研与探索，毛江森科研团队成功培育出甲肝减毒活疫苗毒种。1991年，甲肝减毒活疫苗经临床试验证明安全有效，获得卫生部（今国家卫生健康委员会）的批准，开始大规模生产与推广。

从踏入医学大门的那一刻起，毛江森的使命便是与疾病作斗争，为百姓谋福利，为此，他投入了毕生精力。毛江森说：“我是一个出生于小山村的农家孩子，经历并不平坦，吃了不少苦头。但是，一生都想为百姓减轻一点病痛，并将永志不改。”

毛江森院士与印度著名儿科专家Dr.Zinbo在谈论中国生产的甲肝减毒活疫苗在印度儿童中使用所取得的令人满意的效果

具有自主知识产权的甲肝减毒活疫苗进入国际市场

精神闪耀

为使科研成果更高效地转化，毛江森同时还担任了生产甲肝疫苗的医药公司的董事长，指导甲肝减毒活疫苗的生产。公司的业绩喜人，毛江森却摇摇手，微笑着说：“这个和我的生活无关，能在实验室做研究是我的挚爱……至于办公司，是不得不做的副业。”生活上，毛江森极为简朴，手里拎着破旧的电脑包，毛衣破洞了还在穿；但当人们需要他的帮助时，他总是冲锋在前。

2012年，时任衢州市疾控中心主任的方春福与市领导一行到毛江森家里拜访，恳请他在家乡建立一所院士工作站，为家乡发展出一份力。回想起那次见面，方春福依然十分感动：“原以为毛院士成就卓越，没空理会这些小事，但见了面就感受到他的谦逊、和蔼，他对家乡更是有着深刻的情感。”毛江森嘱咐道：“院士工作站不能只是挂块牌子，而是要实实在在地为家乡的科研与发展作出贡献。”

院士工作站正式成立那天，79岁高龄的毛江森专程前来讲课，和年轻的研究人员讨论科研的态度与精神。而后，他还联系了从前的同事们来到衢州市疾控中心，开展检验能力培训，组织学术讲座……毛江森为此付出很多，但他分文不取，甚至还自掏腰包捐出10万元，激励院士工作站的青年研究员开展科研工作。

毛江森慷慨助人的故事还有很多。2007年，毛江森获得“浙江省科学技术重大贡献奖”，并得到50万元奖金。他随即决定，将这50万元全数捐赠给杭高，设立“杭州高级中学毛江森院士奖教基金”，以奖励杭高全校师生公认的好老师。毛江森说：“没有学校的培养，就没有我现在的成就。”他还回到母校和同学们互动，鼓励同学们勤于钻研、开拓视野、心怀天下，用独立的精神与思想不断探索。

童年时母亲对毛江森的爱，他始终藏在心底；长大后的他用一生的心力，将这份爱传递给更多的人。

2019年，杭高百廿校庆活动，1951届同班校友毛江森（左二）和胡庆澧（左三）携手走过杭高贡院校区的甬道

院士小传

毛江森（1934—2023），浙江江山人。病毒学家，中国科学院学部委员（院士）。

1951年，毛江森自浙江省杭州第一中学考入国立上海医学院。1991年，当选为中国科学院学部委员（院士）。

毛江森自20世纪50年代末开始从事脊髓灰质炎病毒疫苗和细胞培养技术的研究，为研制脊髓灰质炎活疫苗作出重要贡献；60年代，率先在我国开展干扰素研究工作，建立和系统研究了乙型脑炎病毒—鸡胚细胞干扰素产生系统，为我国干扰素研究工作的开展奠定了基础；70年代以来，开展了甲肝疫苗的研制工作，于1991年成功研制了甲肝减毒活疫苗，为控制甲肝流行作出重大贡献。毛江森曾获全国先进工作者、国家级有突出贡献中青年专家等荣誉称号。

执笔：徐胜

阳光下的杭高贡院校区甬道和一进校舍

朱洪元

遨游粒子世界的理论物理学家

科学问题，懂就是懂，不懂就是不懂。

“科学问题，懂就是懂，不懂就是不懂。你就是不懂，今天就报告到这里，下去搞懂以后，下星期再讲。”

中国科学院原子能研究所一分部的一间办公室里，一位名叫朱洪元的导师，正在评价学生的学术报告。在他的眼中，科学是严谨的，是不能容忍“可能”“我想”“大概”等词语的。

这间摆满了各种学术著作和期刊的办公室，产出了一篇篇震惊国际物理学界的论文。朱洪元以其严谨、认真的科研态度推动了高能物理研究的发展。

科学世家的启蒙

朱洪元的父亲朱重光专攻水利航运，母亲王祖蕴专攻建筑，他们都是20世纪20年代德国汉诺威大学的毕业生，被授予特许工程师学位。

年幼的朱洪元被母亲的勤奋影响了终生。母亲在灯光下孜孜以求的身影深深地打动了他，为他铺开一条通往未来的科研之路。母亲的求学机会来之不易，朱洪元是知道的。最初，朱洪元的外祖父在家中兴学，在传统的私塾教学中，只允许家中的男性子弟来听讲。于是，朱洪元的母亲就趴在窗外听讲，在一方窗户创造的世界中，她接受了启蒙教育。

母亲给朱洪元讲述这些时，内心已经多了几分释然：“洪元，你所拥有的或许是他人求之不得的，你要更审慎地面对自己的所有。”朱洪元看着那扇掉了漆的窗户，若有所思。

“不过好在后来风气开化，女子也能进入学堂。”那也是一段万象更新的日子，朱洪元的母亲进入学堂，她凭借优异的成绩频频获得奖学金。中学毕业后，她只身前往新加坡教书，任南洋女子中学校长，只为攒钱去德国留学。

母亲的勤奋刻苦、好学，对幼年的朱洪元产生了深远的影响。1930年，他转学到浙江省立高级中学（今浙江省杭州高级中学），“勤奋、刻苦、好学”成为他高中三年的信条。

甘坐理论的冷板凳

那是一个充满激情与探索的年代，科学家们怀揣着赶超国际水平的梦想，夜以继日地钻研、探讨。1964年8月，在北京科学讨论会上，中国科学家向世界展示了中国在高能物理、原子核物理和快中子物理等领域的研究成果。朱洪元也是参会人员之一。

会议期间，毛泽东等党和国家领导人接见了与会代表，给大家带来了鼓舞与信心。朱洪元和他的同伴不断地鼓着掌，为这次会议，也为中国科学的将来。

日本著名科学家坂田昌一也参加了这次会议，毛主席接见了他，并谈到基本粒子物理研究中蕴含的哲学思想。毛主席对基本粒子物理研究中物质无限可分的哲学见解，体现出国家最高领导人对基本粒子研究的重视。

这场会议给了朱洪元等科学家极大的鼓舞。会后，朱洪元暗下决心：一定要投入更多时间到基本粒子物理的研究中，努力赶超国际水平。

朱洪元领导的原子能研究所理论物理研究室（简称“理论室”）与北京大学胡宁教授领导的北京基本粒子理论组等，开始了深入的调研工作。他们调研“量子力学创立历史”，寻找重大科学发现的思想要素；调研“基本粒子对称性理论”，了解当时国际上强子对称性理论的前沿动态……理论是极其枯燥的，但朱洪元在理论室的椅子上一坐就是几十年。

1965年夏天，这两位国内高能物理领域最顶尖的学者——朱洪元和胡宁教授提议北京大学、中国科学院数学研究所和原子能研究所定期举行研讨会。真理总是越辩越明，在这样的不懈努力下，通过研究20世纪60年代初基本粒子理论方面的成果，他们认识到所谓的“基本粒子”并不基本。同时实验也仍在进行，小组又认识到强子具有内部结构。1964年，美国物理学家盖尔曼提出了“夸克模型”。经过不断探索，朱洪元从“强子具有内部结构”这一物理图像出发，创新性地提出强子是由物理上真实存在的下一层次的基本成分元强子（1966年6月后才被称为“层子”）构成的束缚态。

在这样的背景下，朱洪元与胡宁教授等人共同提出并系统研究了层子模型理论。他们借鉴原子核理论中的处理方法，引入内部结构波函数，研究了强子的电磁衰变和弱衰变过程，成功地将不同的物理量联系起来，并与实验数据进行了对比。这一创新性的尝试，得到了国际学术界的认可，开辟了强子内部结构理论研究的新领域。

消息传到国内，科研人员们都更坚定了走这条路的信心。朱洪元好似黑暗山洞里的火炬手，照亮了后来者前行的路，他不愧为我国理论物理学研究的先驱。

看到年轻的研究者们充满朝气的脸庞，朱洪元就认识到自身的使命。他欣慰地笑着，毫无保留地将自己的新思想传授给大家。他与年轻的研究人员一起探讨、研究，共同推进科研工作稳步前进。他严谨治学、勤奋刻苦的精神，使得这个科研团队对他推崇备至。

在朱洪元的带领下，北京四家单位的理论研究工作者共同合作，完成了一系列学术论文，推动了强子内部结构理论的发展。1982年，由朱洪元、胡宁、戴元本等39位科学家共同完成的层子模型理论，荣获国家自然科学奖二等奖，这是对他们多年辛勤工作的最好肯定。

朱洪元的科学品质，不仅体现在他的研究成果上，更体现在他对科学事业的热爱和执着追求上。他始终站在科学的前沿，敏锐地捕捉科学发展的动态，不断地探索新的研究领域和方法。他严谨的治学态度、勤奋的工作精神、无私的合作精神，都为科研人树立了榜样。

朱洪元的名字如同北极星一般，指引着基本粒子物理研究的方向。

愿做学科的带头人

朱洪元不仅是位伟大的科学家，也是一位伟大的教育家，他用自己的行动诠释了什么是真正的科学精神和人文关怀。

朱洪元的学生第一次见到他时，见到的是一张没有想象中严肃的脸。第一次师生见面，除了询问学习情况，朱洪元还布置了第一项任务——深入学习量子力学。

20世纪50年代中期，国内仅有几位科学家懂得量子场论，朱洪元在北京大学首次讲授量子场论。在能容纳几百人的会场里，朱洪元紧握手里的话筒，掷地有声地说道："量子力学是高能物理研究的基础。"在场的青年人无不受到启蒙，脸上的坚定与参加北京科学讨论会时的朱洪元没有区别。讲课结束后，他给出版社打电话，对编辑说："这是一份对我（来说）十分重要的讲稿，也是我能为量子场论作出的最尽心的贡献。"这份讲稿出版后，成为国内青年人学习量子场论的主要教科书。那个年代，书的纸张很差，翻多了，封面、内页都会破损，但许多量子场论的教育者和学习者都将其奉为圭臬。

第一项任务完成后，朱洪元又联系了考试委员会对学生进行了严格的考核。考核结束后，他又开始指导学生对当时国际高能物理最热门的理论——色散关系进行学习。学生们有时觉得丧气，作为初学者，他们与这些晦涩的文献有着深深的隔阂。这时，朱洪元就会皱着眉头走进理论室，一进门就舒展眉头，笑着对学生们说："这些都是

1948 年，朱洪元（中）获博士学位后与导师布莱克特（右）留影

1980年，朱洪元（右二）在北京正负电子对撞机开工典礼上

‘大部头’，‘啃’下来，会大有不同。”

阅读任务之后又是考核。在这样往复的研究学习中，朱洪元不断磨炼学生，让学生学会如何面对困难和挑战。

量子表象理论、单重色散关系、LSZ约化公式的基础知识……在严谨的育人理念之下，学生学习到的不仅是物理知识，还学会了如何面对困难和挑战、如何保持冷静和坚定。

朱洪元的治学严谨是出了名的。他对学生的学术报告和研究成果要求非常严格，不允许有丝毫的马虎和敷衍。他常说，科学问题来不得半点虚假和模糊，必须严谨认真地对待每一个细节。这种严谨的学风不仅感染了每一个学生，还让他们深刻体会到了科学研究的重要性和严肃性。

朱洪元也不能容忍别人工作中的错误。有一次，他拿着经他修改和评注后的一篇文章给学生看，严肃地指出文章中的问题，并告诉学生写文章必须认真严肃，不可有错。

“这里的概念有误差，这里的格式不规范。”文章上密密麻麻的批改痕迹，都是朱洪元在研究之余一颗育人的真诚之心。

“在送出去发表之前你可以修改，但发表了就是白纸黑字，改都改不了，等发表以后人家发现了你的错误，你的信誉就完了，以后你再发表的文章，人家也不相信你的结果，这就晚了。”

除了对学生的学术研究要求严格，朱洪元还非常关心学生的个人成长和发展。他经常与学生交流谈心，了解他们的学习和生活情况，并在价值观上给予学生宝贵的建议和指导。他告诉学生，做学问要先做人，要做一个有道德、有责任感、有担当的人。

在朱洪元的带领下，学生不仅在学术上取得了丰硕的成果，还在人格上得到了升华。一个人除了学会如何面对困难和挑战、如何保持冷静和坚定，还必须学会如何与人合作、如何相互支持。最重要的是，学会如何做一个有道德、有责任感、有担当的人。

朱洪元一生遨游于粒子世界。他的一生，是一部充满智慧和坚持的科学史诗。他的“桃李们”将继续秉承他的遗志和精神，不断探索未知领域，追求科学真理，为人类的进步和发展贡献自己的力量。

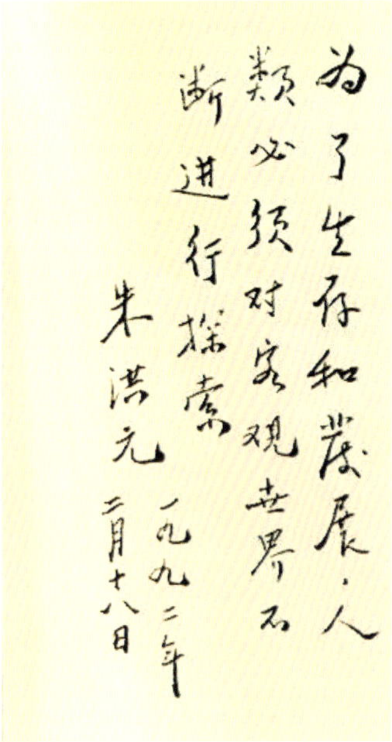

朱洪元手迹

精神闪耀

朱洪元对科学和教育事业热情奉献一生。

朱洪元在异国他乡取得博士学位后，他没有忘记自己的根，毅然选择回国，为祖国的科学事业贡献自己的力量。他先后在中国科学院高能物理研究所和原子能研究所工作，用自己的学识和才华助力国家的科研发展。

朱洪元不仅是一位杰出的科学家，更是一位深具情怀的教育家。他深知教育和科研对于国家发展的重要性，因此他始终致力于推动国家科研、母校教学的发展，为国家培养了一批批优秀的科研人才。

朱洪元在工作中

院士小传

朱洪元（1917—1992），江苏宜兴人。中国科学院高能物理研究所副所长，中国科学院学部委员（院士），中国著名理论物理学家，中国高能物理学科的开拓者之一。

朱洪元于1930年转入浙江省立高级中学。1939年，毕业于国立同济大学（今同济大学）工学院机械工程系。他在中国科学院和苏联杜布纳联合核子研究所等单位从事理论物理研究，并在该领域取得了卓越的成就。朱洪元长期深入研究含有光子、电子、中子和原子核等高温、高密度系统内部的输运过程、反应过程等。他的研究涉及强子内部结构理论、强子结构及强子过程的“层子模型”，并对一系列强子的电磁性质、电磁过程等作出了统一的解释。他的专著《量子场论》成为我国几代物理学者的教科书及参考书。

执笔：周辰芮

杭高贡院校区一进的樱花

杜庆华

中国应用力学教育先驱

当我们把所有的次要因素都简化之后，“薄板开孔及拉伸”理论就能够非常直观地显现出“应力集中”效应……人生想要有所作为，就应该选择与自己能力相适应的板子去钻孔……

风雨求学，照亮归路

杜庆华出生在一个儒医世家，从小接受的庭训就是“不为良相为良医”，怀抱“穷则独善其身，达则兼济天下”的人生信念，他从小的志向就是用功读书，希望能从浩瀚的知识海洋中觅得一些能够借以谋生的真本领。严格的家庭教育和早熟懂事的性格，使得他从小就是一个很有自制力的小孩，即使是放暑假，他还是每天坚持苦练大楷、小字，熟读古文、时文，一刻也不敢懈怠。

1931年，杜庆华进入浙江省立杭州高级中学学习。这一年，九一八事变爆发，抗日的烽火蔓延到了全国，“点燃”了每一个中国人的意志和灵魂，救亡图存的学生爱国运动在全国各地陆续爆发。怀着无比激愤的心情，刚上初一的杜庆华参加了校内学生自发组织的义勇军。每日清晨，他和同学们穿着整齐划一的定制军服，手持木制枪械，“全副武装”，在学校的操场上进行长达两小时的军训操练。此时的杜庆华是一名走读生，每天早晨五点不到就要起床，六点就要赶到学校准时参加晨练，白天上一天课，常常要到深夜才能完成一天的学习任务。长时间高强度的训练，即使是在寒冷的秋冬季节，杜庆华也常常练得汗如雨下，豆大的汗珠不停地从脸上往下落，每日学习到深夜的困顿也在此刻侵袭着杜庆华，他的眼皮不由自主地往下耷拉。然而，疲乏、困顿都没有使杜庆华产生放弃的念头。“我一定要坚持下去！一定要！”他只是轻轻摇了摇脑袋，抖擞抖擞精神，随即又挺直了腰杆，继续投入学习之中。

受时局影响，这种由学生自发组成的“义勇军”难以持久地发展下去，校方从保障学生安全的角度考虑，改变了学生武装的组织形式，将“真刀真枪”的军训改为理论与实践并重的童军课，以加强国防教育。尽管时间不长，但这段学生时代的特殊插曲却给少年时期的杜庆华带来了不小的影响，苦乐交织的义勇军经历磨炼了他的意志，更在他的心中埋下了一颗爱国的种子，甚至影响了杜庆华未来的人生选择。

“由于我的家庭出身所限，我从未受过很大的窘困，我的人生观也只局限于看到自己的生活前途，虽然我也感到民族危机深重，但并未觉察到社会阶级斗争的严酷现实。”动荡不安的时局，萦绕在心头的爱国之情，让杜庆华对自己未来的人生规划作了十分慎重的考虑。学文就不免要为官，而在当时国民党反动派的黑暗统治下，入仕为官则又必将残害人民，这是杜庆华所不愿看见的，他犹豫再三，选定了自己颇为喜爱但对思维逻辑要求更高的理工科。“我自觉从事理工不会落后于他人，而且可能对当时落后的中国有所裨益。”所以不论是在国立交通大学期间，还是赴美留学的十多年，杜庆华始终将航空工程和机械工程作为自己的主修专业。

在美国学习期间，杜庆华始终关心着中国人民革命战争的发展，随时准备回国投身祖国建设事业。回国前，杜庆华参与了留美中国科学工作者协会的组建，为促进中国留学生回国参加中华人民共和国的建设做了大量的工作。在他攻读博士学位期间，中华人民共和国诞生了。杜庆华获得博士学位后，立即克服重重困难，冲破美国当局的阻挠，于1951年6月回到了魂牵梦萦的祖国。他受聘于北京大学工学院，之后因院系调整最终落脚清华大学，直至去世。

杜庆华始终收藏着1951年7月4日北大工学院学生给他的一封信，信里写道："我们北大机械系全体同学首先祝贺杜先生光荣地踏上新中国的教育工作岗位，并热烈恳切地欢迎先生到我系来担任教学工作！"建设新中国，传播新知识，这正是杜庆华回国的初心和使命。

坚持真理，敢说真话

"要倡导深入的学术评价和评比，防止任何形式的炒作，只有这样才可能逐步形成世界一流的学术文化新局面。"这是在一次两院院士大会上，杜庆华作的题为"谨防炒作"的大会发言。"任何形式的炒作都会严重危害科技本身，要争取尽早实现世界一流的目标，就必须去揭露和抑制炒作。例如，在院士评选中，许多单位为候选人所作的夸大其词的评价就是炒作。甚至在这几年的博士评审中，一些学生也早就把本该由导师和评审老师写的评语写好了。"炒作不仅是浮夸、炫耀、失真和别有用心，更是一种"学术腐败"。科学事业是追求真理的事业，在追求真理的道路上，理应更加实事求是，维护科学事业的清正之风。但正像创新需要有宽松民主的学术氛围一样，坚持真理也需要有独立思考、敢讲真话的勇气。杜庆华坦言：“要讲真话就可能受委屈，但这种状况必须改变，不然我们的历史发展机遇就会丧失。”

杜庆华的这一番心意是他对科学的敬畏，对自己学习和从事科学事业的初心的一种珍视；也是经过冷静的思索，对我国的科学发展和科技人才培养极为关注而流露出的殷切期盼。

三尺讲台，一生秉烛

学问是杜庆华一辈子最在意的，也是他一辈子最自豪的。在近五十年的教学科研生涯中，杜庆华不仅“乐为人师”，而且“善为人师”，为祖国培养了一大批专业技术人才。为学方面，他博览群书，学问精深，时刻关注相关领域的国际进展，抓住发展机遇；他重视实验，特别强调力学与工程的结合。为师方面，他特别注重培养与社会发展需要相适应的人才，尤其强调要从学生将来的长期发展角度考虑研究生的培养。待人方面，他宽厚平和，热心帮助每一个学生和登门求助的人。他也从不训斥学生，而是耐心地指出问题所在，提出进一步的改进措施。

杜庆华的修养已经转化成了一种气质，随时随地都会在不经意间自然流露出来。有一次他乘坐火车去武汉参加《固体力学学报》审稿会，上车后没多久，一位旅客就问他：“您是位大教授吧？”杜庆华说：“是在清华当老师。”对方就说：“不用猜，根据您的言行举止，

清华大学固体力学专业“三巨头”（左为黄克智，中为张维，右为杜庆华）

谁都能马上感觉到您是位有文化、有涵养、宽厚仁慈的大教授。”也许，这就是融入血液里的气质吧。

生活中的杜庆华是一位和蔼可亲的长者，慈眉善目，总是面带笑容。但在课堂上，杜庆华却又是一位一丝不苟的严谨学者，他的课层层递进，如抽丝剥茧一般，听他的课，可以非常从容地记笔记，随着他深入浅出的讲解，高深晦涩的物理学知识变得如此简单易懂。课堂上的杜庆华，很少会“偏题”或“跑题”，可有一次他的题外“感慨”，却让同学们铭记了一辈子。

那天，杜庆华在“材料力学”课上讲到“应力集中”的概念，先在黑板上具体讲解了经典的“薄板开孔及拉伸”理论之后，他转身放下了手里的粉笔，缓缓张开两手撑住了讲台，不紧不慢地发表了一段意味深长的题外“感慨”：“当我们把所有的次要因素都简化之后，‘薄板开孔及拉伸’理论就能够非常直观地显现出‘应力集中’效应，板子厚了不行，开孔大了也不行，形状复杂了更不行，只有越简单才能越透彻地分析问题和得出规律。人的一生很复杂吧，但其实也是这个道理，人生想要有所作为，就应该选择与自己能力相适应的板子去钻孔，太厚了的话，你这辈子都钻不通，太薄了的话，就只能是时间和能力的浪费；当然一旦选好了厚度和位置，开始了打钻开孔，就一定要坚持下去，绝不能半途而废，兴许只差一点点就要打通了，结果你却拔出钻头又去打下一个孔，结果往往会一事无成!”

杜庆华讲完了这一段题外“感慨”之后，收住了话语，还是那副慈眉善目的儒雅神态，一动不动地注视着台下的学生们。课堂上先是一片寂静，安静得仿佛掉根针都能听见，但稍后却突然响起了满堂的热烈掌声。或许，当时年轻的同学们并没有真正领悟杜庆华这番话中所蕴含的人生哲理，他们可能只是为这位素来严谨、几乎不偏离课程内容的教授偶尔也会有题外话的“感慨”而感到新奇，可随着人生阅历的不断增多，越来越多的同学在自己的人生道路上不断践行着杜庆华的“薄板钻孔”理论，于纷繁复杂的万千事项之中，去面对或厚或薄的“木板”，去选择或正或偏的“位置”，去钻通或大或小的“圆孔”。杜庆华的这段看似不经意的“感慨”，却让学生们受益终身。

这样一位和蔼可亲的长者，是一位真正的世界级大师。清华大学工程力学系教授郑小平在纪念杜庆华百年诞辰时这样写道：“让我们暂且离开那些所谓的功名，进入一些细微生活的深处，也许这些细微正包含着生命的本源。”杜庆华一生清明，待人温和，对待学术研究孜孜矻矻、精益求精，在细微处可见其温暖而博大的生命张力。

精神闪耀

锦绣山河无限美，最难忘却是杭州。杜庆华在外漂泊半生，远渡重洋，此后又一直定居北京，但他却一直心系家乡，对母校杭高始终怀抱深情，他曾想为母校争取一架战斗机实物作为航空教育模型，为此他多方奔走联系，虽然最终事未能成，但他对母校的深厚情谊早已深深烙印在了每一位杭高人的心中。1999年，已经当选中国工程院院士的杜庆华莅临杭高100周年校庆盛典，他的名字和当时杭高的37位院士的名字一起熠熠生辉。

在纪念杜庆华百年诞辰时，他过去的学生及好友们制作了《杜庆华先生百年诞辰纪念文集》，其中有学生这样写道："我们怀念杜庆华先生，不仅仅是因为他的学识与成就，更是因为他的为人与胸怀，还有他那热爱生活、热爱祖国的赤诚之心，同时也因为他具有高度的社会责任感和人文情怀。正因为先生这样的胸怀和情怀，他在世时有许多人在他的引领下为国家的教育、科研事业努力工作，他走后他的学生们会用他的事迹教育自己的学生去做人做事。在我的心目中，杜庆华先生是一位和蔼可亲的师长，他的一生真正地体现了清华精神。"

院士小传

杜庆华（1919—2006），浙江杭州人。清华大学教授，固体力学家、教育学家，中国应用力学基础教育先驱，中国工程院院士。

1936年，杜庆华从浙江省立杭州高级中学考入国立交通大学。后在美国斯坦福大学获工程力学博士学位。1951年，杜庆华冲破美国当局的阻拦，回到祖国怀抱。1997年，当选为中国工程院院士。

杜庆华院士是我国基础力学教育的先驱，在轻结构力学、工程弹塑性分析、机械结构强度与振动方面成果丰硕。他曾系统阐述夹层板的相关理论，其成果被运用于长江三峡水利枢纽工程；在国内首先创导开展工程中边界元法的研究，并运用于航空壁板计算等方面。曾获何梁何利基金科学与技术进步奖、高等教育国家级教学成果奖特等奖等。

执笔：程宇恒　董文

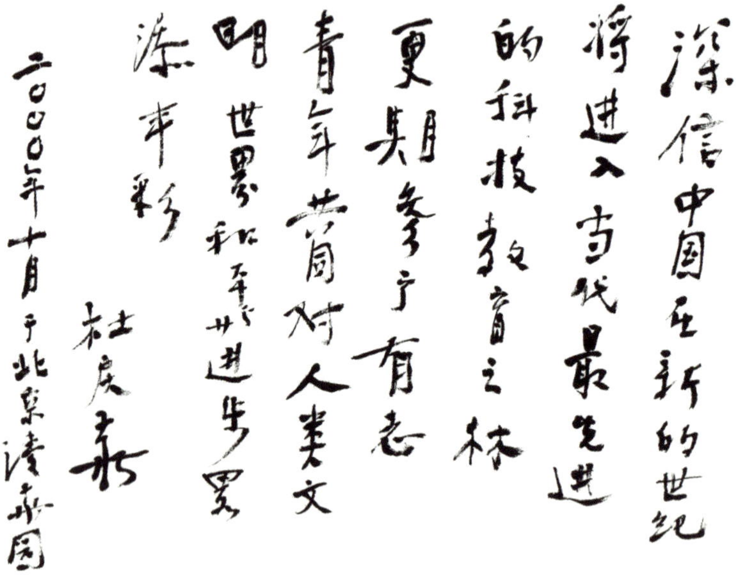
深信中国在新的世纪
将进入当代最先进
的科技教育之林
更期广大有志
青年共同对人类文
杜庆华
二〇〇〇年十月于北京清华园

杜庆华手迹

李正武

中国磁约束核聚变奠基人

我一定要回到祖国，那里有我未竟的梦想。

浙江东阳，自古便是文化璀璨之地。这里文风鼎盛，英才辈出。李正武就出生在这里。清道光年间，李氏家族的李品芳父子被钦点入翰林院，他们的故居李家祠堂被赐“父子翰林”横匾，成为东阳有名的“翰林府”。而李正武的母亲卢松卿所属的卢氏家族也是诗礼传家，科第绵延，人才辈出。

阳光下长大的聪慧少年

在这个书香世家长大，李正武自幼聪颖过人。每当阳光透过古老的樟树，洒在那扇褪色的木门上，小正武就坐在门边，听母亲讲故事。

母亲总是用温柔的声音，为他讲述着海龙王的神秘、孙悟空的机智以及岳飞精忠报国的英勇。这些故事仿佛打开了他认知世界的大门，让他对未知充满了好奇和渴望。每当一个故事结束，他总是急切地要求母亲再讲一个，那种对知识的渴求和热爱，仿佛是与生俱来的。

随着年岁的增长，他的识字速度之快令人惊叹，几乎达到了过目不忘的境地。他经常坐在自家的门槛上，手中捧着一本书，自顾自地沉浸在书的世界里。他最喜欢的书籍包括《西游记》《三国演义》《水浒传》《徐霞客游记》等，这些书不仅丰富了他的知识，更激发了他对世界的无限好奇。

当他沉浸在阅读世界中时，周围的一切都仿佛消失了。有时候，即便家人叫他吃饭，他也完全不理会，仿佛整个世界只有他和书中的故事。这种对知识的热爱和专注，让人不得不佩服。

留美时期的李正武

父母的积极教育和引导，加上他对知识的热爱和渴望，让李正武在不到7岁的年纪就轻松愉快地学完了初级小学的课程。

1934年，李正武以优异的成绩从浙江省立杭州高级中学毕业，同时考上国立清华大学、复旦大学等四所知名大学。在全国报考清华大学的3600多名考生中，李正武高居榜首，成为名副其实的“高考状元”。当时，李正武毫不犹豫地选择了清华大学物理系。

1938年，李正武从清华大学（西南联大）物理系毕业，开始了自己的职业生涯。毕业后，李正武先后在贵阳气象所、江苏医学院、复旦大学、上海交通大学任职。1946年，他凭借出色的表现考取了留美公费生，获得了赴美国加州理工学院物理系攻读研究生的机会。他对物理的热爱和执着追求，使得他在科研道路上取得了一系列重要成果。在早期留美阶段，他致力于爱因斯坦质量能量转换关系的实验研究，取得了当时最为精确的直接测定成果。同时，他还从事轻核反应实验研究、太阳物理学方面的研究工作，为后续的受控核聚变研究工作奠定了基础。

年复一年，李正武尽情地在物理的海洋中畅游。闲暇时，他总会盯着天边的那轮太阳。他的眼中闪烁着对未来的憧憬与期待。

冲破藩篱，回到祖国“造太阳”

其实早在清华大学物理系求学期间，李正武就遇见了陪伴他一生的妻子孙湘。1940年2月，李正武与大学同学孙湘结婚。1947年，李正武赴美国加州理工学院留学。1948年，与他同样怀揣科学强国梦的妻子孙湘成为美国南加州大学物理系博士研究生。

在美国，李正武取得了令人瞩目的科研成果，但他的心始终牵挂着祖国。当时，美国移民局因为看到李正武成就突出，一次次找理由冰冷地拒绝他的回国申请。然而，他并未放弃。每当夜幕降临，他都会坐在窗前，凝视着远方的星空，心中默念着：“我一定要回到祖国，那里有我未竟的梦想。”

终于，在1955年8月，希望的曙光照亮了他前行的道路。经过中国政府和众多爱国科学家的不懈努力，美国政府终于松口，允许他与妻子孙湘回国。那一刻，他激动得无以言表。

美国政府有严格禁令，中国科学家们不能携带任何书面文件回国。然而，一台“皇家”牌打字机却仿佛拥有特权，得以幸免。据李正武的女儿李漱碚介绍，由于每个人能携带的行李数量有限，“念旧”的李正武当时为此还犯了难。最终，李正武为了将这台打字机带回祖国，不惜舍弃了一箱行李。

李正武归国后，在核物理、等离子体物理和受控核聚变等领域持续深耕。在漫长的岁月里，人类始终怀揣着梦想，期望通过可控核聚变反应，缔造出“人造太阳”，进而获得取之不尽的能源，极大地改善人们的生活。为了实现这个宏伟的目标，当时的发达国家纷纷推出了“人造太阳”，即一种能够控制核聚变的科技装置。“中国环流器一号”就是中国第一代“人造太阳”装置，主要用于磁约束受控核聚变的基础研究。一旦掌握这项技术，人类就可拥有像太阳能那样接近无限的清洁能源。

1969年12月6日，李正武随三线建设迁至四川乐山第二机械工业部585所工作。我国第一代“人造太阳”装置——“中国环流器一号”装置的研制，从乐山的585所迈出了艰苦的第一步。

当时，李正武夫妇已年过半百，他们带着年幼的儿子在乐山基地住下。他们的住所，是一间仅十余平方米、用灰黑的混凝土块垒墙的“干打垒”小屋。屋内陈设简陋，仅有几张木板床和几把破旧的木椅，公用的水龙头和厕所都离得很远。

李正武夫妇和刚出生的孩子

美人坡曾是进入585所的必经之路，路上有着数百级陡峭的台阶。当时，大家常常在美人坡上目睹两位年逾半百的科学家相互搀扶着艰难前行。

有一次，天降大雨，路面湿滑，孙湘在攀爬山坡时不慎滑倒。李正武立刻冲上前，小心翼翼地将妻子从泥泞中扶起，望着这位曾与自己共度清华岁月、同为资深物理学家的妻子，此刻全身湿透，裤腿沾满泥污，李正武心中涌起无尽的疼惜与愧疚之情。他满怀感慨地说："你舍弃了那么多，随我从美国归来，现在又跟我从北京到乐山，真是让你受累了。"孙湘却很平静，她说："只要能把中国的'人造太阳'建设成功，这些艰苦算不了什么。"一向沉默寡言的李正武听完，心中波涛汹涌，他默默地搀起妻子的胳膊，背起背篓。夫妻二人继续深一脚浅一脚地行走在美人坡上。

住得简陋，行得艰难，这就是李正武当时所处的环境。他就在这种最简陋的条件下从事着最前沿的研究。当时，他手中所拥有的关于核聚变装置的资料，仅限于一张简陋的示意图和几个公式，甚至连一台计算机都无从寻觅。那堆满设计图纸的研究室，那在工作中微弱震颤的实验装置，那一阵阵低沉的轰鸣声，都是李正武团队辛勤付出的证据。正如作家莫然所说："尽管研究所的房间就像山洞一样，但我们的科学家具有舍己的奉献精神，就在那样的环境中，他们制造出了'中国环流器一号'，光设计图纸就有三层楼那样高。"

在585所，李正武展现出了他"种太阳"的热情。没有一台计算机，他就依靠手工计算和推导，耐心地分析和研究问题。参考资料有限，他就与同事们紧密合作，分享彼此的知识和经验，共同攀登科学研究的陡峭山峰。即使条件简陋，他依然坚持不懈地追求突破和创新。他参与了脉冲磁镜的实验研究，并提出了改进方案；他还参与了等离子体喷枪实验的研究，并取得了初步实验结果；此外，他还提出并进行了聚焦概念的研究。这些研究均在国内外产生了巨大影响。

李正武不畏艰难，有着超凡的勇气和坚韧的骨气。1972年，在被正式任命为“451”工程总体组组长后，他更是夜以继日地攻坚克难。经历了反复攻坚，1972年，李正武提出了“中国环流器一号”装置最初的实验方案。1974年，李正武高瞻远瞩，从哲学的高度，深入研究了等离子体的总体性质，在中国首先提出“聚变—裂变共生堆”的概念，以期提前实现聚变能应用的设想。这一创新的概念引起了广泛的关注，李正武的设想后来被国家“863”计划采纳，列为能源领域先进核反应堆的专题项目。

1984年9月21日，我国自主设计和建造的托卡马克受控核聚变实验装置——“中国环流器一号”，按照李正武制定的总装调试方案提前启动，标志着我国核聚变能源开发事业又向前迈进了一大步。像太阳般闪耀，李正武和他的研究团队做到了！

1974年，李正武（讲台上站立者）在等离子体研究会第一届学术报告会上作报告

李正武（左二）在实验室工作

从小立志“种太阳”，冲破藩篱回到祖国“造太阳”，引领当代夸父们继续“追太阳”。这就是李正武。在他93岁时接受中央电视台专访，记者问他：“为什么美国的工作和生活条件那么好，您还要回国？”李正武回答得掷地有声：“我爱我的国家嘛！”一句简单的话，就让他用一生去践行；一个简单的“爱”字，就让他倾注心血。他走遍世界，探求科学的奥秘，却始终怀揣着对祖国的热爱。在他的心中，祖国便是阳光，是他无尽的动力。他用自己的实际行动诠释着对祖国的热爱，他是一位伟大的科学家，更是一位伟大的中国人！

“中国环流器一号”装置模型

精神闪耀

李正武将西南物理研究院视为自己的心灵家园，无论身处何方，都守望着那片土地。他关心中国核聚变事业的发展，希望当代夸父们带着青春、智慧、奉献精神去实现梦想。

在四川的中国核聚变博物馆里，一台经典的“皇家”牌打字机安静地摆放在展柜上，这台打字机不仅是李正武数十年的忠实战友，更是中国核聚变研究的见证者。

退休后的李正武虽然离开了四川乐山的西南物理研究院，但他的心始终与那片土地紧紧相连。每当夜深人静时，李正武总会回想起在西南物理研究院与同事们共同奋斗的日子。女儿李漱碚回忆：“刚回来的一两年里他还老跟我念叨，让我带他到院里去，去看看同事，帮他们做点什么事……我们在乐山待了很多年，所以他对乐山也非常有感情。我父亲魂牵梦绕的是西南物理研究院，那是他生活过的地方，在那里诞生了‘中国环流器一号’。”

2012年，当李正武得知中国核聚变博物馆在乐山基地旧址内建成时，他决定将用过的打字机及其他珍贵物品捐赠给博物馆，希望这些物品能为后来者讲述中国核工业艰辛的发展历程。这不仅是对自己一生科研事业的回顾，更是对年轻一代的激励。他希望年轻人能从这些物品中汲取力量，继续为实现中国的“人造太阳”梦想而不懈奋斗。

中国核聚变博物馆内的李正武雕像

2018年，李漱碚秉承父亲的遗愿，将伴随李正武大半生的“皇家”牌打字机捐献给中国核聚变博物馆，一同被捐赠的还包括李正武的清华大学毕业证、著名科学家竺可桢给李正武开的证明、李正武生前与挚友钱学森的往来书信等珍贵物品。

在博物馆的静谧之中，李正武的塑像如一位拥有仁爱之心的智者，平静而祥和地守望着那座由无数奋斗者以青春、智慧、忠诚乃至生命铸就的辉煌丰碑。这不仅是对受控核聚变研究事业开拓者们的颂扬，更是其家国情怀的深刻体现。李正武，这位宽厚从容的专家，以其一生的行动践行了对祖国的深沉爱恋，堪称一位心系追日梦想的勇者。在他的精神感召下，一代又一代的中国夸父，怀揣着对科学无限的热爱和对民族复兴的坚定信念，继续在“人造太阳”梦想的征途上，勇往直前，不懈奋斗！

院士小传

李正武（1916—2013），浙江东阳人。著名核物理学家，中国磁约束核聚变奠基人之一，核聚变与等离子体物理学会创始人，核工业西南物理研究院名誉院长，中国科学院学部委员（院士）。

1934年，李正武以优异成绩考入清华大学物理系。1951年，获美国加州理工学院物理学博士学位。1980年，李正武当选为中国科学院学部委员（院士）。

李正武长期投身于核物理、等离子体物理和受控核聚变等领域的研究工作，对爱因斯坦质量能量转换关系做出了当时最精确的直接实验测定，提出了带电粒子活化分析法；作为主要研制者之一，研制了我国首台高气压型质子静电加速器及我国首台电子静电加速器；领导研制了我国受控核聚变实验装置“中国环流器一号”。1987年获国家科技进步奖一等奖。

执笔：黄敏华

经亨颐校长手书校名——“浙江省立第一师范学校”石碑

吴自良

“两弹一星”元勋

我做的事主要是向科研第一线的同志学习，把复杂的技术问题从学科角度加以分解，把问题分解出来以后，提请有关的科研人员和专家来解决。

“谢谢老师，老师再见！”吴自良鞠了一个90度的躬，从英语老师的办公室退出来，轻轻掩上门。下一秒，兴奋早已抑制不住，他飞似的跑了起来，夹在腋下的那本英文版的莎士比亚剧作仿佛成了助他飞奔的翅膀。吴自良跑进科学馆，迫不及待地向正在做实验的好友分享他的喜悦：“我终于可以学习德语啦！”

天助自助者

原来，此时吴自良就读的浙江省立杭州高级中学与同济大学合作办学，开办了德文班。和其他班级只学英语一门外语不同，德文班除了学英语，还要学德语。许多成绩优异且学有余力的学生都希望多学一门外语。

吴自良就读省立杭高时的校徽、校旗

但这并不容易。据吴自良之子吴康琪先生回忆：“父亲在杭高时经常考第二名，他对第一名非常佩服，父亲说（得）第一名那位同学太厉害了，高一时就把莎士比亚剧作原文都背出来，以让老师答应他免修英语，然后有时间去学德语。父亲也向他

省立杭高首届德文班毕业合影（1937年）

学习，背完莎士比亚剧作后获得了学习德语的机会——这些外语技能在以后留学美国的时候都用上了。”

吴自良通过了老师的“莎士比亚剧作背诵”检测，可以免修英语，学习德语，朝着他“科学救国”的梦想又坚实地迈进了一步，难怪他这么高兴。

吴自良从初中起除了对自然科学充满兴趣，还经常思考一些社会问题和国家大事：中国为什么这么贫穷落后？为什么总是受列强欺辱？在思考和学习中，吴自良渐渐接受了“科学救国”的思想，这也成为他发奋学习的强劲驱动力。

当时，以英、美、德、法为首的西方资本主义国家科学鼎盛，工业发达，吴自良和当时许多优秀的青年一样，认为要学习最先进的科学，就要到科技发达的国家去，而必备前提之一就是要学好外文。

吴自良在高中阶段掌握了扎实的基础知识，养成了良好的治学习惯，这些都是他受用终身的财富，而此时学习的德语也“在以后留学美国的时候都用上了”，为他日后的科研成就大大助力。

果然人生当中没有一次努力是白费的，吴自良笃信人必自助，然后天助：“天助自助者！”

所谓自助，第一要有明确的目标，有见有识有方向；第二则要千方百计朝着既定目标奋进，有行有为有毅力。所谓天助，即上天总是眷顾努力的人，越努力越幸运，全力尽人事，则天命自然来。这也诚如加缪所说：“对未来真正的慷慨，是把一切献给现在！”

祖国的需要就是我的研究方向

吴自良感动我们的不仅是他自强不息、“自助”不止的精神，还有他对祖国的赤子之心、赤诚之爱。

无论是一开始计划学习采矿冶金，通过科学实业救国，还是毅然转入航空机械系深造，毕业后到云南组装战斗机，计划投身“航空救国”；无论是重新回到冶金领域，沉潜于美国精研学术，还是听到新中国成立后，克服万难回到祖国。我们都看到了这些世事“变”迁中那“不变”的拳拳报国之心。

回到新中国怀抱的吴自良依然坚守着自己的“变”与“不变”：一切服从国家的安排，国家的需要就是工作的重心、研究的方向，“苟利国家生死以，岂因祸福避趋之”。

所以，1950年末回到祖国怀抱的吴自良一直在国家最需要的前沿领域里攻坚。

抗美援朝前线需要特种电阻丝，中央军委要求半个月内完成。前线十万火急，时间就是生命！吴自良二话没说，立即承担下来，带领团队火速设计、熔炼、锻造、轧制、拉丝，最终不负众望，如期完成任务。

20世纪50年代，我国钢铁产业落后，党和国家为解决当前发展需求的问题，要求吴自良结合我国资源情况研制急缺的低合金钢40X（下称“钢40X”）代用品。又是一项需要越快完成越好的加急任务！吴自良迅速组织团队展开研究，经过刻苦攻坚，终于生产出成本比钢40X低，低温韧性、冲击韧性和回火脆化敏感性比钢40X优越，疲劳性能和抗氧化性能与钢40X相似的代用品。

“我本无心争潮流”，但一个人只要全心全意为国家解决实际问题，人民必不忘记，时代必不辜负。“夫唯不居，是以不去”，所谓成就，所谓光环，是水到渠成的事情。这一成果获得1956年我国首次颁发的国家自然科学奖三等奖，吴自良也被誉为建立我国合金钢体系的开拓者。

那个年代，国际形势波谲云诡，党和国家坚定地确立了积极防御的战略。为了防御，中国也要有原子弹。党和国家很快就确定了“自力更生为主，争取外援为辅”的攻坚方针。

但随着中苏关系的恶化，苏联撤走专家，我国原子弹研制面临重重难题，研制铀分离膜即其中一个。众所周知，要造原子弹，首先必须得到足够浓度的铀-235，而“甲种分离膜”正是提炼浓缩铀的核心元件。在天然铀中，铀-235只占0.7%，其他同位素不仅本身不发生核裂变，还会吸收热中子，妨碍连锁反应的实现。因此，掌握分离浓缩铀-235的技术是关键。

当时，只有美、苏、英三国掌握这项技术，这些国家均把“甲种分离膜”列为国家绝密。既然外援争取不到，那就拿出中华民族“自力更生”的法宝。

历史选择了得天助的“自助者”吴自良。毛泽东同志亲自布置研制任务，把中科院北京原子能研究所、复旦大学、沈阳金属研究所和上海冶金研究所等单位的科研人员聚到一起，同心协力联合攻关这一关系民族命运的科研技术。几十位专家汇集在上海冶金研究所内，组成了第十研究室（代号：真空阀门），开展“甲种分离膜”的研制工作。吴自良任第十研究室主任、技术总负责人，具体领导并主持这项工作。

第十研究室下分三个组。第一组负责研制分离元件所用粉末，要求能小批量生产，供应分离元件试生产。第二组负责成膜工艺，制成性能合格的元件。第三组负责性能检测分析和理论研究等相关技术问题。当时正值国家困难时期，吃、住、研究各方面都很艰

吴自良在上海冶金研究所开课

吴自良（左）指导科研工作

苦。吴自良一方面协调解决实际物资困难，另一方面协调三个组的进程与合作，还要领导解决碰到的各类技术问题。

1962年，攻关进入关键阶段，第一、二组日夜奋战，用各种新老方法和工艺探索，制成多种原料粉末，做出一个又一个分离膜样品。但测试后，分离膜性能总是差那么一点点。但在吴自良的领导和协调下，大家毫不气馁，克服重重困难，信心百倍地埋头艰苦探索和反复试验。因为同事们都相信跟着这位总能得天助的“自助者”，一定会取得成功。在3年多攻坚克难的时间里，吴自良基本一步都没有离开过实验室，每天检查各组的进展，随时解决各种问题。每天工作10多个小时，逢年过节也不休息。

功夫不负有心人，1963年底，吴自良和他的同事们终于攻克核心技术，并成功实现批量生产，造价仅为原来估算的黄金价格的1%，超额完成了原子能所所长钱三强提出的不仅“一定要尽快完成”，而且“价格不要超过黄金”的要求。同时，有力地回击了一些人的言论，诸如，“苏联专家撤走后，中国的浓缩铀工厂因为没有分离膜元件会变成废铜烂铁……原子弹因为没有浓缩铀而造不出来……”

1964年，甲种分离膜试制成功并投入使用。当年10月16日，罗布泊上空升起了高耸的蘑菇云。看着《人民日报》头版上“我国第一颗原子弹爆炸成功”这几个鲜红的大字，听着窗外人们此起彼伏的欢笑声、庆祝声，吴自良心潮澎湃，感慨万千。

当时的心情，正如多年后他在回忆起这段峥嵘岁月时说起的那样：现在有机会能为制造自己国家的核燃料和原子弹出力，是他一生难得的机遇，感到无上光荣！

吴自良在晚年的回忆录《“链条人”日记》中自称“链条人”，在他看来，自己就是祖国的一根链条。他在日记中回忆道：“原子弹爆炸成功，举国欢腾，我终于松了一口气，总算完成了‘链条人’光荣的使命。”

中国第一颗原子弹爆炸成功及新闻报道

当一个民族中那些能得天助的“自助者”不计个人得失，心怀赤子之情，甘当祖国的一根链条、一粒石子，一心与国同行，那么，这个民族一定是最幸运、最伟大的民族，这个民族也一定能傲然屹立于世界民族之林，缔造人类历史上的奇迹。

“两弹一星”功勋奖章

面对社会各界的赞誉，吴自良总是说：“（甲种分离膜的）所有技术难题都是靠大家，靠有关的专家来解决的，都不是我解决的。我做的事主要是向科研第一线的同志学习，把复杂的技术问题从学科角度加以分解，把问题分解出来以后，提请有关的科研人员和专家来解决。”也正是基于这样的想法，1984年，当成果获得国家发明奖一等奖的两万元奖金后，他坚持尽可能多地分给所有参加技术攻关的单位和个人，以体现“甲种分离膜”制造技术的完成是响应毛泽东同志“大力协同”的号召，是在党组织的正确领导下大家共同努力的结果。

精神闪耀

吴自良为人谦逊低调，对学问要求严格，但对家乡、对故人满怀温情。吴自良少小离家，但一直心系家乡。据浦江县前吴村的老村支书吴健中回忆，即使到了晚年，吴自良仍然清楚记得自己在村里当放牛娃时期的种种，并嘱托老村支书一定把家乡建设好，自己也愿意为家乡的发展助力。吴自良还嘱咐自己的亲人："家乡不能忘记，下一代人要能够对前吴村有一点印记。"

吴自良念乡邦也念母校。吴自良之子吴康琪受父亲嘱托，把吴自良的院士证、博士毕业证、因研制"甲种分离膜"而获得的国家奖项证书等一批珍贵资料亲自送到母校杭州高级中学时，充满深情地娓娓道来：

"我从小就整天听我父亲很自豪地说，我们杭高怎么怎么好。我的伯伯吴士绶也是杭高人，曾担任过杭高的校医……

"父亲说他本名叫吴士良，吴自良这个名字还是杭高的老师给他改的。

"上海冶金研究所有两个杭高人，一个是我父亲，一个是也曾担任过上海冶金研究所所长的邹元爔院士。在杭高，邹元爔比我父亲高两届，他们都在美国留学，一个学化学冶金，一个学物理冶金。后来都回国报效国家……我从小就是听着杭高的故事长大的。"

有情有义，有为有成，有德有才，有国有家，这都是吴自良留给我们的最宝贵的精神财富，也是引导、激励我们前行的动力。

院士小传

吴自良（1917—2008），浙江浦江人。物理冶金学家，中国科学院学部委员（院士）。

1935年，吴自良从浙江省立杭州高级中学考入北洋工学院（今天津大学）。1948年，获美国匹兹堡卡内基理工大学理学博士学位。1980年，当选为中国科学院学部委员（院士）。

吴自良曾领导完成抗美援朝前线需要的特种电阻丝研制任务；负责苏联低合金钢40X代用品的研究，是建立我国低合金钢体系的开拓者；领导分离铀同位素用的甲种分离膜的研制，为我国成功研制原子弹作出了重大贡献；指导高温超导体钇钡铜氧（YBCO）中氧的扩散机制的研究工作；等等。1999年，被中共中央、国务院、中央军委授予“两弹一星”功勋奖章。

执笔：高利

杭高贡院校区二进教学楼

吴祖垲

点亮中国第一盏日光灯的先驱

科技工作要有百折不挠、不怕失败、不畏艰难争取最后胜利的奋斗精神。

午后的阳光透过图书馆的窗户爬上书本，隐约可以看到“三段论”的字眼，吴祖垲看得痴迷了。为何理科生不学逻辑学？因果律、归纳法、演绎法、比较法……这些思想方法完全可以用于科研啊！吴祖垲望着这本从文科冯奎学长处借来的教材，十分疑惑。

当时杭高学生的数理化基础好，可吴祖垲深知，杭高的理科生并不能一门心思只读死书。

“科技工作要有百折不挠、不怕失败、不畏艰难争取最后胜利的奋斗精神。”吴祖垲被阿基米德和莱特兄弟的科学精神深深打动。这是一节英文课，沈昭文老师教“Thinkers & Doers”（《思考家与实践家》），思考和行动，这似乎成了吴祖垲一生的信条。他不断思考着，行动着，点亮了中国的万家灯火，点亮了中国的真空电子技术。

科学报国的萌芽

高一时，在校风自由的杭高，吴祖垲深深被课本里科学家们的精神打动。此后的人生里，他领导和参加日光灯、超正析像管和彩色显像管等产品的试制，每每遇到困难，他总会想到那个下午，沈老师在讲台上念道：“Men had traveled through the air for the first time!”少年无畏的不屈的灵魂被点燃，他领悟到科学创造可以使国家从危难中崛起。

彼时，高中还有“法律大意”这门课，老师在课堂上组织同学围绕法律与时事等主题开展小组讨论。他与同学围绕“违法的边界、伦理与道德”的相关问题争论不休，正是这些课堂上的启发，使他此后无论在任何岗位上，总是严格要求自己。后来，他在全国人大小组会议上提出普法教育的重要性时，亦能想起课堂上老师严肃的眼神。

这种极具时代性的课堂教会了吴祖垲和他的同学们，这个国家与我有关，与你有关，与每一个国人有关。

1931年，震惊全世界的九一八事变发生了。

当时，吴祖垲正坐在图书馆里，旁边的同学一开始还是私语着，后来竟再也压抑不住胸中的怒火，喊道：“日本帝国主义者之心，全世界皆知！”吴祖垲皱起眉头，他和同学们都清楚，不能再安坐在校园里了！于是，他和理科班的同学们一同约好，上街抗议。当时的校长是国民党浙江省党部执行委员叶溯中，听闻此事，他联合浙江省教育厅厅长张道藩，将这些血气方刚的爱国青年们叫至大礼堂训斥警告。

“我们要赴京请愿！”

“你们这是瞎搞！”叶溯中非常生气，扬言要给全班同学集体记过。但吴祖垲和同学们丝毫不惧，几十个才十几岁的高中生怒目而视，同声唏嘘，竟将两位叱咤官场的成年人吓得狼狈不堪。

即使被警告，吴祖垲和同学们也要坚持正义，他们高呼“打倒帝国主义”的口号，一路行至杜月笙的别墅，捡起石子，挺起胸膛，用力投去。望着高高的院墙，吴祖垲心想，落后就会挨打，既然决定学理，就要用自己的创造成果拯救中国！

碰钉子和造梯子的人

1937年，从国立交通大学毕业后，吴祖垲就职于国民政府资源委员会中央电工器材厂。当时，美国已经成功研制出荧光灯，吴祖垲知道，这种灯的发光功率和寿命都远超白炽灯。于是，他根据在学校学到的知识和一本美国杂志，开始了他一个人的探索之路。

在科学探索的路上，当然会遇到阻碍，荧光粉的制作就是个难题。他去南京牙科医院借了一个电炉，便开始了实验。第一次将荧光粉烧到1240摄氏度时，粉末变成玻璃状，吴祖垲以为是自己操作不当，又试了一次，发现结果仍然如此。数十次实验后，他终于发现问题出在这个好不容易借来的电炉上，他用光学测温计重新检测电炉的温度，才发现当电炉显示1240摄氏度的时候，实际温度已经达到1400摄氏度。它的实际温度和仪表指示的温度是不一样的。

科研路上碰到的钉子当然不止这一颗，电炉温度的问题亟待解决。哪怕电炉被烧坏了，荧光粉还是很难研制出来。他就用玻璃炉，用霓虹灯的电极进行实验。彼时，探索的路上有人与他同行。时任中央电工器材厂总经理的恽震设法从昆明的中央研究院取得了当时甚为稀缺的30克硝酸铍，并将它送给吴祖垲。这是一次科学界的托举，吴祖垲更踏实地投入荧光灯的研制工作之中。

实验结果需要严丝合缝的比对，更需要坚持不懈的勇气。一个铂金坩埚、一把铲子、一台玻璃炉，吴祖垲就用人工操作的土办法，研制出中国第一批荧光粉。

1942年，吴祖垲被调到重庆，担任分厂厂长。1943年冬，经过艰难探索，我国第一只日光色荧光灯的雏形出现了！重庆黄桷垭分厂的小实验室里爆发出一阵热烈的欢呼。吴祖垲将探索路途上碰到的“阻碍钉”变成助力日光灯研制梯子上的“加固钉”，让中国一步步走向科学的光明。虽然，当时样品的发光功率和寿命还有问题，可是，科学因缺憾而充满魅力，科学家们义无反顾地登上这条通往宇宙的天梯，将科学的上限不断拔高！

1945年，吴祖垲在美国兰卡斯特

1945年，吴祖垲继续着他的学习之路，他获得了公费出国留学的机会，就读于美国密歇根大学。这一段求学经历对他归国后试制日光灯、显像管和摄像管的工作起到了很大的作用。

一辈子只说真话的科学家

纵观吴祖垲的科研生涯，他对国外技术的态度是客观的。一方面，他承认，在当时，国外技术远超国内，中国需要取长补短；另一方面，他认为，一味依赖国外，绝非立国之本。

1958年，吴祖垲调任成都红光电子管厂（亦称“773厂”），作为该厂第一副厂长兼总工程师，他带领团队开始了自力更生之路。吴祖垲团队付出了十分的努力，研制出了第一根5英寸直观式储存管和第一根超正析像管、第一根19英寸彩色显像管、第一根43厘米电压穿透式多色显示管……成都红光电子管厂由最初能生产示波管、雷达指示管、黑白显像管、摄像管四大类10个品种发展到能生产示波管、雷达指示管、黑白显像管、电子束管、摄像管及彩色显像管等六大类共计170个品种。这是一条注定艰难的路，但吴祖垲和他的团队独立自主地创造出了属于中国的“电子管王国”。

吴祖垲始终认为，科学的路绝不是一条踽踽独行的死胡同。1977年，吴祖垲为了筹建“4400厂”决定出访日本。这次出访，他抱着一个疑问：“为什么（用）从日本购买的荧光粉所制成的彩色显像管的亮度比（用）国产荧光粉高呢？”当时，他还带着3小瓶国产材料，打算进行检验。

“你这样做是泄露国家机密，你不怕承担里通外国的罪名吗？”那时的中国刚经历了战火的疼痛，质疑声蜂拥而来。同时，还有同事与领导的不理解。但实事求是的吴祖垲，毅然决定这样做。他知道，虽千万人不解，但事实不会背叛一个具有科学精神的研究者。

1986年，国家相关部门要求全国统一引进美国康宁彩管玻壳技术，吴祖垲对此坚决反对。

“你这是吃饱了撑的，还不吸取上次的教训?!”妻子杨影波这样劝他，可是一颗实事求是、直言不讳的心又怎么会害怕被讨厌？科学家的宿命可能就是如此。

他提笔，给当时的电子工业部部长写了一封信，表明自己的观点。

后来，事实证明，引进美国康宁公司彩管玻壳技术的项目失败了。

这是怎样一颗拳拳爱国之心，他始终为了国家利益在坚持着，就如1948年春的那一次归国，双亲和朋友都表示不解："你归国我们很高兴，但现今国内局势不宁，有办法的人都在设法到美国去，而你在美国有很好的工作机会，人家求之不得，你却回来，很是可惜。"他坚定地说："我归国后能为国家和人民多少做一点有益的工作。"

1981年，吴祖垲（左一）与日本专家一起接待日立公司专员

精神闪耀

提起杭高，吴祖垲是很骄傲的。

在回忆录中，他写道："我们考唐山交大时，3000名学生应考，前四名都是杭高的。当时已离校的林晓校长见到唐山交大录取新生的公告，高兴极了！"这个校园出了不少国立交通大学的学子，也许，吴祖垲也是因为这个缘故才在保送浙大工学院后转考国立交通大学。

"老师教育严，学生认真学。"吴祖垲这样评价省立杭州高级中学。在杭高的三年学习生活，为他此后在国内外的学习深造打下了良好的基础。母校的故事，哪怕是50年后，他仍觉得历历在目。

而中国工程院的同事们提到吴祖垲，言语中都充满了敬佩之情。

在吴祖垲百岁之际，中国工程院为他写了一封贺信。

"您历经沧桑一百载，您的生命，不仅在年富力强时熠熠生辉，也在壮志暮年中流霞溢彩。一百年的岁月，跨越世纪的征程，您用坚强和执着向我们展示了生命的辉煌。"

2014年1月，中国日光灯和电子束管的奠基人和开拓者吴祖垲院士永远离开了我们。这位真性情的科学家，用他的一生践行了思考与行动的信条。在杭高那节英语课上听到的科学家精神影响了他的一生，而这些精神也将永远激励造梯的中国科研者们，朝着璀璨星河攀登再攀登！

院士小传

吴祖垲（1914—2014），浙江嘉兴人。中国著名真空电子技术专家，中国日光灯技术研制的先驱者和电子束管产业的奠基人，中国工程院院士，被誉为“中国电子束管之父”“中国荧光灯之父”。

1932年，吴祖垲以浙江省立杭州高级中学首届理科毕业生第一名的成绩，破例免试保送浙江大学工学院；后又考入国立交通大学，于1937年毕业；1946年，于美国密歇根大学取得硕士学位。吴祖垲主持试制成功我国第一只日光灯、黑白显像管、彩色显像管及电压穿透式多色显示管等重大产品并投产。1995年，当选为中国工程院院士。

1995年和1996年，吴祖垲分别获得美国信息显示学会（SID）授予的“特别国际公认奖”和中国工程院授予的“光华工程科技奖”。

执笔：周辰芮

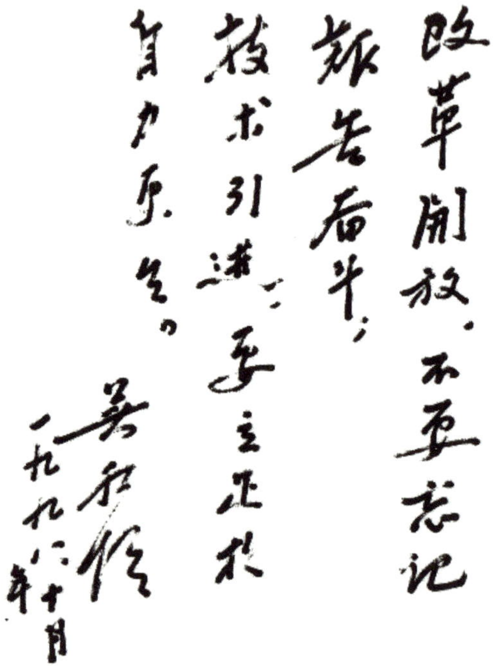

吴祖垲手迹

邹元爔

冶金领域活度理论先驱

故乡胡骑满，何处寄吟身。万里劳相问，相思此夜新。

书桌前，邹元爔独自坐着，他的眼神专注而深邃，正全神贯注地阅读着友人汝铨的来信，字里行间流淌着友人的思念，如涓涓细流一般温暖而深远。感受着那份深深的情谊，邹元爔的眼中闪烁着灵感的光芒，脑海中也开始构思着给友人的回信。他写道：“极目沙场上，琴书误此身。遥怜春草色，赢得客愁新。”兴致未尽，又补上一首：“故乡胡骑满，何处寄吟身。万里劳相问，相思此夜新。”随着诗作的完成，邹元爔的心情也逐渐平静下来。在这个动荡的时代，友人的来信，不仅是一份简单的问候，更是一份沉甸甸的信任和期待。邹元爔内心的信念也愈发坚定，势必为我国冶金事业的发展奋斗终生。

在纪念邹元爔逝世十周年时，他的学生和冶金研究所的同仁们，一同帮助邹先生的夫人廖增瑾女士，从四百多首遗诗中挑选了二百多首，整理、编辑并出版了《邹元爔诗词选》。

少年勤学，青年建功

1915年10月，邹元爔出生在平湖县（今平湖市）乍浦镇的一个书香世家，家中文人墨客辈出，文化底蕴深厚。其父邹宏宾是中国早期同盟会的成员，毕业于日本早稻田大学，曾任浙江大学教授。其母蕙质兰心，知书达理。邹元爔一家早年曾支持辛亥革命。邹元爔自幼便受到了良好的文化熏陶。每天清晨，当第一缕阳光洒进书房，邹元爔便开始跟随父亲诵读经典。他聪明伶俐，对书中的知识总是充满好奇与渴望。父亲看出他的天赋，便悉心教导，将中华五千年的文明历史、诗词歌赋一一传授给他。除了文化的熏陶，邹元爔还深受家族中长辈们爱国主义情怀的影响。每当长辈们聚在一起，总会谈论起国家的兴衰荣辱，讲述历史上的英雄事迹。这些故事深深打动了邹元爔，在他心中埋下了为祖国作贡献的种子。

随着年岁的增长，邹元爔的爱国热忱愈发强烈。他立志要成为一个有学问、有品德、有担当的人，为国家的繁荣富强贡献自己的力量。于是，他更加刻苦地钻研学问，广泛涉猎各类书籍，不断提升自己的文化素养和综合能力。正是这份心系中华、为祖国作贡献的爱国热忱，让邹元爔的科研之路走得异常坚定。

1929 年，15 岁的邹元爔以优异的成绩考入浙江省立高级中学，后获上海吴蕴初奖学金并顺利考入浙江大学化学工程系。1937 年毕业后，他在国民政府资源委员会冶金室工作，后因抗战随单位迁至长沙和重庆的炼铜厂工作。1940 年，他成为云南钢铁厂的工程师，1942 年，邹元爔荣获林森奖学金和公费留学的机会，进入美国匹兹堡卡内基理工学院就读，五年后成为同届学生中唯一获得冶金学科博士学位的学生，毕业时深受师长称赞。这段学习经历不仅拓宽了他的学术视野，也为他日后的科研工作奠定了坚实基础。

邹元爔一直怀揣着建设祖国的热忱。1947 年 6 月，邹元爔顺利从美国回到祖国，在资源委员会下辖的南京钢铁事业管理委员会担任工程师，同年 10 月，邹元爔接受了浙江大学校长竺可桢的邀请，前往浙江大学化学工程系任教授。邹元燨凭借其渊博的学识和温和的态度，培养了一批又一批的年轻后学，受到了大家的喜爱与尊敬。

1952年2月，怀揣着报国热忱的邹元燨终于迎来了他一直等待的机会，应中国科学院工学实验馆陶瓷研究所所长周仁的邀请，邹元燨前往中国科学院工学实验馆就职并担任研究室主任。自此，邹元燨以满腔热情投身于祖国化学冶金和半导体材料的事业。

邹元燨到中国科学院工学实验馆工作之后，周仁所长接下了白云鄂博铁矿高炉冶炼的任务。邹元燨临危受命，成为研究高氟铁矿的技术总负责人。在周仁的引导和协作下，邹元燨与徐元森等人迅速开展研究，日夜奋战在实验室里和高炉旁。氟的挥发机理和对高炉钢结构的腐蚀一直是难解之谜，但在他们的共同努力下，这些难题一一被攻克。

通过深入研究，邹元燨和他的研究团队全面掌握了含氟炉渣对高炉冶炼的影响以及其对不同耐火材料的侵蚀情况。在此基础上，他们提出了白云鄂博铁矿的造渣制度和提高冶炼强度的方案，解决了氟对高炉钢结构和高炉耐火砖衬的腐蚀问题。

在研究取得突破性进展时，苏联专家却提出了异议，他们坚持原计划，认为只需要在高炉缸部分使用炭砖。面对异议，邹元燨没有半分退让，并立刻进行了大量的针对性实验，用实验数据说话。实验证明，按苏联专家的原计划，仅在高炉缸部分用炭砖的方法是行不通的，因为高铝砖和铝镁砖等在高氟炉渣中很快就会被侵蚀，只有炭砖才能耐受住高氟炉渣的侵蚀，因此必须从炉缸到炉身下部（风口带除外）全部改用炭砖。最终邹元燨成功说服了苏联专家，苏联专家采纳了他的建议，从而避免了可能发生的重大安全事故。

邹元燨在实验室工作

经过这次较量，邹元燨和他的研究团队赢得了苏联专家的尊重与认可。他们不仅避免了潜在的安全事故，还为包钢炼铁高炉的设计提供了宝贵的资料。这一重大突破不仅解决了高氟铁矿冶炼的世界难题，更为冶金行业树立了新的里程碑。自此，邹元燨也开启了辉煌的科研生涯。

势如破竹，力克难关

1957 年，国家正迫切需要对攀枝花钒钛磁铁矿进行开发，但该矿的高炉冶炼问题久久无法攻克，甚至一度成为全球性难题。邹元燨、徐元森等深入研究含钛炉渣的性质，得出了含钛炉渣在高炉冶炼条件下变稠的内在机理，后根据徐元森的建议，开创性地采用了特种吹炼风口，成功解决了含钛炉渣堵塞炉缸的关键技术问题。同时，邹元燨等人还发明了火法冶金，用以收集高炉炉渣中的稀土，这是一种能够从高炉炉渣中提取稀土硅铁合金的工艺，为我国稀土合金的应用创造了有利条件。邹元燨等人的研究成果为攀枝花钢铁公司的高炉设计和冶炼方案提供了可靠的技术资料和理论依据。这一技术成果于1982年荣获国家自然科学奖三等奖。

20世纪五六十年代，在邹元爔的领导下，上海冶金研究所在冶金物理化学研究方面在国内遥遥领先，在国际上也享有盛誉。

在一次国际科技交流会上，邹元爔敏锐地察觉到纯金属与化合物半导体材料研究的巨大潜力和广阔前景。他意识到，这一领域的研究将有可能为冶金工业带来革命性的变革。于是，他不顾高龄，毅然决定转向这一全新的研究领域。为了深入研究纯金属与化合物半导体材料，邹元爔投入了大量的时间和精力。他翻阅了大量的文献资料，不断汲取新的知识和理论。同时，他还积极与国内外同行进行交流与合作，共同探讨这一领域的最新动态和发展趋势。

在实验室里，邹元爔带领团队日夜奋战，不断进行着各种实验和测试。他们克服了重重困难，取得了许多突破性的成果。这些成果不仅为冶金工业的发展注入了新的活力，也为邹元爔赢得了国际社会的广泛赞誉。他将冶金原理运用于高纯元素的制备与化合物半导体材料的制备，巧妙地利用冶金熔体间反应等方法来提纯单质元素。在邹元爔的领导下，镓、磷、砷等高纯元素的制备工艺在国内得到进一步推广，该种制备工艺分别获得了1964年国家计委、国家科委、国家经委颁发的工业新产品奖三等奖。

只有不断学习和探索，才能紧跟时代的步伐。正是因为他始终保持着对世界科技发展趋势的敏锐洞察力，才能够抓住机遇，为冶金工业的发展作出新的贡献。

在邹元爔的带领下，研究团队完成了石英舟涂膜新工艺、常压液封原位凝固生长不掺杂的半绝缘砷化镓单晶新方法，以及倾侧法液相外延生长高质量砷化镓薄膜等研究。这些研究成果于1985年获得国家科学技术进步奖二等奖。邹元爔还提出了从含4%～5%稀土氧化物的包钢高炉炉渣中提取稀土元素的方法，即用硅铁还原法还原炉渣中的稀土元素，成功制造了被称为“包钢第一号合金”的稀土硅铁合金。这种方法具有原料价格低廉、制造设备简单等优点，为我国稀土资源的综合利用作出了重要贡献。这一工艺在1965年获得国家发明奖二等奖，并多次受到当时国家领导人的表扬。在中国第一届稀土学术会议上，时任副总理方毅曾引用邓小平的话说，“中东有石油，中国有稀土”，强调了邹元爔在稀土领域所作的重要贡献。现今，我国稀土在采掘、加工、研发、应用方面所拥有自主知识产权的技术仍保持世界领先地位。

科学泰斗，育才良师

在几十年的科学研究生涯中，邹元爔一共撰写了180多篇学术论文，在我国化学冶金和半导体材料领域的发展与科技政策上提出了许多建设性意见，为这些领域的学术发展作出了重要贡献。

邹元爔在科研之路上无私奉献，倾注了巨大的热情与心血，他十分重视人才培养，关心年轻后学，培养出了近20位研究生。此外，邹元爔还参与创办了上海科技大学冶金系，并担任上海科技大学校务委员会委员并兼职教授、材料科学系名誉主任等职，始终为我国的冶金教育事业贡献着自己的力量。

尤为难得的是，邹元爔常常无私分享自己整理的材料与数据，在1963年前后，科学家周国治曾在学术期刊中偶然阅读到了时任中国科学院上海冶金研究所副所长邹元爔发表的一系列文章。当时的邹元爔正致力于解决高温冶金过程中求活度的难题，并提出了一种通过计算化合物生成自由能来求解活度的方法。然而，这种方法在化合物的成分点附近的计算中会遇到被积函数的函数值趋于无穷大的问题，导致该方法的应用范围受到限制。周国治认为，如果能够解决这个问题，将为研究化合物相图来求解活度的方法开辟新的广阔领域。因此，周国治将写好的解决方案寄给了邹元爔。邹元爔收到来信后非常惊喜，迅速回信称赞周国治的计算方法“颇具巧思”，并毫无保留地将他多年积累的科研材料和数据一同寄给周国治。

此后，在邹元爔和魏寿昆等科学家的帮助和指导下，周国治成功发表了第一篇科研论文《θ函数在变通的Gibbs-Duhem关系式中的应用》，这篇文章为周国治叩开了到美国访学的大门。文章一经发表，便引起了国际关注，多年后，不少学者仍使用这篇论文中的方法来指导相关的研究工作。这充分反映了这篇文章在学术研究领域的杰出贡献和重要影响力，而这一切的背后又与无私奉献的邹元爔息息相关。

邹元爔与学生们交流

邹元爔在阅读文献

精神闪耀

邹元爔的一生是追求真理、献身科学的一生。他矢志不渝地追求真理，全身心地献身科学，用实际行动诠释了一名科学家的使命与担当。无论面对多大的困难和挑战，他始终保持着坚定的步伐，走在科技的最前沿，以卓越的成就为祖国的繁荣富强贡献了自己的智慧和力量。他的精神，就像夜空中最璀璨的星辰，永远闪烁着光芒，照亮了后来者的道路，为一代又一代的后辈学子提供了前行的动力和指引。

邹元爔的精神，正是杭高精神的缩影。他那种勇于开拓、敢于攻坚的品格，那种为科学献身、为祖国奉献的精神，已经深深烙印在杭高文化中，成为杭高学子们永恒的追求和信仰。

杭高的每一寸土地都孕育着无尽的梦想与希望，在杭高的校园里，每一块石板、每一片树叶都承载着深厚的历史与文化。一代又一代怀揣梦想的学子，不仅在知识的海洋中遨游，更在杭高精神的熏陶下，铸就坚定的爱国情怀。“振兴中华，使命在肩”，杭高学子将接过旗帜，以更加饱满的热情和更加坚定的信念，为实现中华民族伟大复兴的中国梦而努力奋斗。在杭高精神的引领下，他们将会成长为国家的栋梁之材，为祖国的明天贡献自己的力量。

院士小传

邹元爔（1915—1987），字立清，浙江平湖人。冶金和材料科学家，中国冶金物理化学活度理论研究的先驱，中国科学院学部委员（院士）。

邹元爔出生于浙江平湖的乍浦镇。他先后从稚川中学和浙江省立杭州高级中学毕业。1933年，邹元爔考入浙江大学化学工程系。1947年，获美国匹兹堡卡内基理工学院博士学位，同年回国，任浙江大学教授。1952年，转任中国科学院工学实验馆研究员和主任，专注于化学冶金和半导体材料研究。1953年，负责白云鄂博铁矿高炉冶炼研究，后参与创建上海科学技术大学冶金系。1961年，任中国科学院上海冶金研究所副所长兼主任，1978年升任所长，1983年任名誉所长。

执笔：孙铁方

杭高贡院校区四进雪景

沈志远

人民的哲学家

一切大众，都有属于自己的哲学。

一直以来，沈志远都十分注重推进马克思主义的大众化。据沈志远的夫人崔平回忆，沈志远和她曾一同受邀出席在中南海怀仁堂举行的晚宴。在沈志远向毛泽东同志表示敬意时，毛泽东同志曾握着他的手对他说："你是人民的哲学家。"沈志远始终坚信哲学应属于所有人，而非教授与专家所独有。他说"一切大众，都有属于自己的哲学"，为此他致力于马克思主义的大众化探索。

不仅如此，沈志远的著作一直受到进步青年的广泛推崇，许多人更是因为阅读了他的书籍走上了光明的道路。著名遗传学家谈家桢院士曾写道："我认识沈志远，最早是通过他的专著和译著《新经济学大纲》《黑格尔与辩证法》《辩证唯物论与历史唯物论》等，这几本书在我们那一代知识分子中间曾产生过很大的影响。"不仅如此，《文学报》的前总编辑柳无垠也对沈志远的《新经济学大纲》爱不释手，对著者沈志远钦佩得不得了："啃完《新经济学大纲》……他的名字，也就深印在我脑子里了。"后来，柳无垠从部队转业，进入上海的华东人民出版社工作，单位安排他在一所马列主义夜大里学习政治经济学，而当时为他授课的正是他仰慕已久的沈志远。

求新求变，云开月明

沈志远出身于名人辈出的杭州萧山（今杭州萧山区）长巷沈氏，

自宋代以来，长巷沈氏登科人士便世代不绝，据沈荇所编纂的《萧山长巷沈氏宗谱》所记，自宋至清，萧山长巷沈氏共出过二百三十余位名人，其中还有十五位文武进士。

江南文士的进取精神也为沈家所继承，自小沈志远便有求进之志。1913年，沈志远进入浙江省立第一中学（今浙江省杭州高级中学）。他在杭高就读期间，不仅学业成绩优异，而且积极参与组织学生运动。待到“五四”之风吹入浙江，沈志远便组织了一场声势浩大的学生运动，旨在呼吁学校和社会能够求新求进。这场运动得到了广大学生的响应和支持，一时间沈志远名声大振。然而，由于影响逐渐扩大，此次运动引起了校方和有关当局的注意。校方认为这场运动会损害学校的形象和声誉，甚至可能引发更大的社会事件。为此，校方不得已采取了强硬措施，将沈志远等几名主要组织者劝退。这一事件在当时引起了广泛的关注和讨论，这也成为沈志远人生中一次重要的经历。

此事过后，沈志远便前往上海继续求学，并结识了侯绍裘。在求学期间，沈志远的求进之心并未泯灭，他加入了“南洋学会”，并在校刊《南洋周刊》上发表了译文《青年与事业》。文中提到作为一名青年，绝不可只求得一时的安稳，要能够竭尽发挥自身全力，这篇文章可谓将青年时期的沈志远的壮志雄心表现得淋漓尽致。

在松江景贤女中教书期间，沈志远阅读了大量进步刊物上的文章，深受影响的沈志远参与了五卅运动。1925年，经侯绍裘介绍，沈志远加入了中国共产党。后受中共组织派遣，沈志远远赴莫斯科中山大学学习马克思主义。在莫斯科求学期间，沈志远刻苦勤奋，以优异的成绩考取了莫斯科科学院中国问题研究院的研究生。沈志远不仅在学业上有所建树，他还担任了共产国际执行委员会东方部中文书刊编译处的编译，参与了《列宁选集》的中文版翻译工作，并有幸到现场聆听了斯大林关于中国革命问题的报告。

在中国积贫积弱之际，无数怀有高尚情操和坚定信念的人们挺身而出，投身于拯救国家和民众的崇高爱国事业中。沈志远便是其中的杰出代表之一，他怀揣着对真理的追求，积极探寻能够拯救中国的有效理论。

在漫长而深入的学术探索过程中，沈志远的心灵始终被马克思主义所揭示的真理之光所照亮。他认识到，马克思主义不仅是一种解释世界的理论，更是一种改变世界的强大武器，它深刻地揭示了人类社会发展的客观规律。

因此，沈志远最终坚定地选择了马克思主义，将其视为引领中华民族摆脱困境、走向伟大复兴的科学理论。他坚信，只有在这一理论的指导下，中国才能摆脱过去的桎梏，开创一个充满光明与希望的新时代。沈志远的这一选择，不仅是他个人学术生涯的里程碑，更是他为国家和民族作出的重要贡献。

沈志远（前排左三）留学时与同窗合影

渊博如海，睿智卓越

沈志远在他的第一部著作《黑格尔与辩证法》问世后生了一场大病。此后，沈志远便与党组织断了联系。即便如此，沈志远也从未放弃过以马克思主义理论作为追求真理、传播真理的坚定信念，他也从未中断过以马克思主义为指导思想的翻译和写作。从沈志远的著作和译著来看，关于马克思主义经济学和哲学类的著作各占总数的一半，所以沈志远又被其他学者称作“全栖的马克思主义学者”。

起初，苏联曾数次尝试编纂一本系统化的关于马克思和恩格斯哲学思想的教材，但一直未能成功，直到苏联米丁院士的《辩证唯物论与历史唯物论》问世。这部著作被斯大林选定为苏联党校的马克思主义哲学教材，一时间引起国内关注，不少学者都在尝试翻译。沈志远有着扎实的理论基础和翻译功底，第一时间完成翻译并交由商务印书馆出版。全书分为《辩证唯物论》和《历史唯物论》两册，共计七十余万字。可以说，沈志远翻译的这部《辩证唯物论与历史唯物论》对于马克思主义中国化有着深远的影响。在龚育之等人编写的《毛泽东的读书生活》一书中，记载了毛泽东同志在延安时期最爱阅读并批注的五本哲学书籍，其中就包括了沈志远翻译的这部《辩证唯物论与历史唯物论》。

值得一提的是，为了规避国民党当局的审查，沈志远使用了“王剑秋”这一笔名。“王”通常代表尊贵、权威，具有一种威严和高贵的气质；“剑”则常被视为一种武器，象征锐利、勇敢和决断，有时也用来比喻文笔犀利、言辞尖锐；“秋”则常与收获、成熟、深沉等意象联系在一起，代表着时间的沉淀和经验的积累。由此可见，在沈志远看来，马克思主义是一种成熟的理论，是中国发展的重要助力。

随着全球经济危机的到来，西方的部分经济学家为了挽救资本主义，甚至企图将苏联的计划方法移植到资本主义理论体系当中。当时国内也有部分学者附和这种主张。针对所谓的“改良主义”观点，多年从事马克思主义经济学研究，并对此有独到见解的沈志远一语便道破了关键问题所在，他在《计划经济学大纲》一书中说道：“只有在社会主义制度下，计划经济才有实现的可能。”

20世纪20年代中期以后，国内学者相继翻译并出版了一批介绍马克思主义经济学的作品，但大部分内容并不准确完整，文字表述也极为晦涩难懂，有的译本甚至缺乏基本的标点符号。1933年，沈志远的著作《新经济学大纲》出版发行。书中，他以深入浅出的白话文将《资本论》与《帝国主义是资本主义的最高阶段》融为一体，向广大读者更为完整准确地阐述了马克思主义的政治经济学体系。同时，他还在书中详细阐述了资本主义的起源、演进及其必将被社会主义取代的历史规律。

这本专著一经问世，便以其通俗易懂的特点，成了一部广受欢迎的畅销作品，它为众多爱国进步青年指明了革命的道路。更让人惊叹的是，它的阅读群体可不仅限于经济学界，还吸引了大量文艺工作者、自然科学家，甚至军人和青年学生等各界人士。由此可见，沈志远在创作时便有意降低阅读门槛，以确保每一位读者都能理解和掌握马克思主义的政治经济学体系，这为进步青年们更好地接受马克思主义思想作出了重要贡献，他无愧为“人民的哲学家”。

投身政治，救国救民

沈志远深知自己的使命不仅是进行理论研究，更要去关注社会、关注人民，要用自己的知识和才能为国家和人民作出贡献。早在1936年，沈志远便参与了中国人民救国会的成立工作。同年8月，受北京大学法商学院经济系主任李达之邀，沈志远来到北京大学任教。卢沟桥事变后，沈志远转赴西北大学法商学院任教。1938年，历经了“解聘风波”后，沈志远来到重庆，并在邹韬奋主持的生活书店担

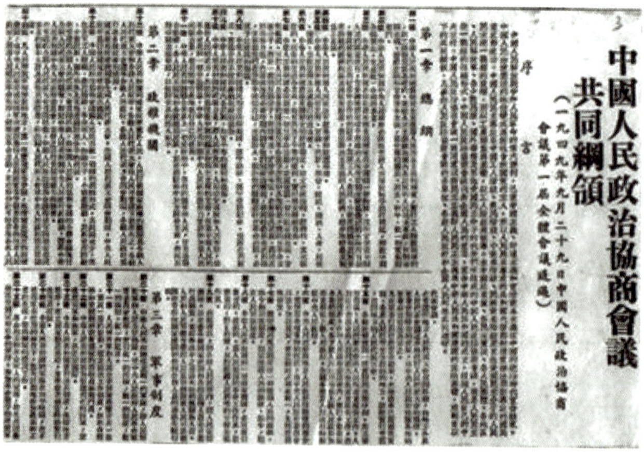
中國人民政治協商會議共同綱領
（一九四九年九月二十九日中國人民政治協商會議第一屆全體會議通過）
序言
第一章 總綱
第二章 政權機關
第三章 軍事制度

《中国人民政治协商会议共同纲领》

任副总编，负责大型理论季刊《理论与现实》的编审工作。

皖南事变后，经周恩来安排，沈志远与一批文化界进步人士转移至香港。在港期间，沈志远参与了《大众生活》周刊的编辑工作，他与邹韬奋、茅盾、金仲华等九人在《大众生活》上发表了《我们对于国事的态度和主张》，强烈谴责了国民党政府对抗日进步力量的残害行为，并提出了有关抗日的九条主张。珍珠港事件后，沈志远与其他在港的进步人士再度返回重庆，继续从事相关的著述工作。1944年，经沈钧儒与马哲民介绍，沈志远以救国会成员的身份加入了民盟。

新中国成立前夕，沈志远从香港赶回北平，成为新政治协商会议筹备会第三小组的小组成员，担任该小组组长的正是周恩来总理，该组的任务是起草《中国人民政治协商会议共同纲领》。这部纲领意义重大，在我国宪法尚未确定前，这部纲领就起着临时宪法的作用。

精神闪耀

从事政治活动多年，沈志远却从不失书生本色。他温文尔雅，待人接物总是彬彬有礼，在旁人看来，沈志远永远都是一副平易近人的样子，与人谈笑风生时丝毫没有大学者的架子。聚会时，一时兴起的沈志远还会唱几段京剧助兴。新中国成立初期，沈志远担任了出版总署编译局局长一职，事务繁忙的他仍然遵守约定，定期为《展望》的专栏撰写专稿，并且从不延期。沈志远在担任中国展望周刊社社长期间，从未领取过一分酬劳。

沈志远的文人风骨，是他一生的写照。对知识的敬畏和追求，对社会的责任和担当，对真理、正义和美的坚守和捍卫，沈志远用自己的行动诠释了什么是真正的文人风骨。

这种文人风骨也是无数杭高人的精神底色，时至今日，沈志远的精神在杭高代代相传，激励着一代又一代的学子。他们勇于挑战、追求真理、坚守正义、崇尚美好，继续传承和发扬着这种精神，为社会的进步和人类的文明贡献自己的力量。

院士小传

沈志远（1902—1965），原名沈会春，浙江萧山人。哲学家、经济学家，中国科学院哲学社会科学部委员。

1913年，沈志远进入浙江省立第一中学学习，后因参与爱国学生运动而被校方“劝退”。随后，前往上海求学。1925年，经侯绍裘介绍加入中国共产党，次年赴莫斯科中山大学学习。1931年，担任中央文化委员会、江苏省文化委员会委员及中国社会科学家联盟（社联）常委。1944年，加入民盟。中华人民共和国成立后，历任出版总署编译局局长、华东军政委员会参事室副主任等职。1952年，调任民盟上海市委主任委员等要职。1955年，当选为中国科学院首批哲学社会科学部委员。

执笔：孙铁方

杭高贡院校区明远楼旧址（今五进小楼）

张效祥

“中国计算机之父”

真正好的东西是买不来的。只有我们自己掌握核心高技术，才能保证国家经济、社会的快速安全发展。

1959年，秋风送爽的一天，具有历史意义的一幕在中国的科学实验室内上演。

实验室内，鸣响着机械运转的轻微嗡嗡声，科学家们和工程师们的脸上洋溢着难以掩饰的兴奋与自豪。

“计算技术开新元，一〇四机冒尖端。百尺竿头进一步，实事求是埋头干！”

铿锵有力的题词，是郭沫若对全体科研人员衷心的赞扬。张效祥，“104机”研制工作的领导者，在看到这激励人心的题词时，情不自禁地流下了热泪。这一刻，他的笑容和泪水成为所有人心中最真实的写照，既是对过去艰苦岁月的告别，也是对未来无限可能的憧憬。“104机”的试制成功不仅是技术的突破，也是国家力量的象征。

无奋斗，枉少年

幼年时期，张效祥曾在横山村小学和海盐县中心小学度过一段快乐的童年时光。后来，由于父母早亡，他跟随大哥去了上海。大城市的短暂生活开阔了他的眼界，家中的变故和辗转的求学经历没有使他停滞于自卑与伤痛之中，反而使他的内心变得更加坚韧、强大。1936年，他回到浙江，入学省立杭州高级中学。

随着西方科学技术的传入，一些先进的科技理念和知识开始在中国传播。在杭高，青年张效祥接受了全面的基础教育。当时，学校的课程体系已经非常完善，张效祥和同学除了要学习国文、算学和政史地、物化生等基础科目，还需要学习外语（英语或德语）、商业和公民教育，这不仅为他未来的科研道路打下了坚实的基础，而且使他具备了以社会发展为己任的公民责任感。张效祥对于精算、逻辑与机器的热爱也在“红墙边”逐渐萌芽。在数字的世界里，他可以心无旁骛地任精神畅游。有时候，他会因为未解出的一道难题而彻夜难眠；有时候，他也会因为实验失败而感到沮丧。

虽然当时并没有成熟的电子计算机技术和设备，但中学时期的张效祥通过书籍、期刊和外籍教师的介绍，对机械设计与应用制造等知识有了初步的了解。于是，中学毕业之后他毅然填报了武汉大学电机系，开始了一生漫长的科研之路。

1939年，抗日战争进入相持阶段，武汉大学迁至四川乐山。战火纷飞的求学岁月里，这个年轻的学子不仅没有停止对知识的探索，更坚定了自己的信念和追求。虽然条件艰苦，但他并没有抱怨和退缩。他珍惜每一次上课的机会，认真听讲、勤奋记录。课余时间，他常常阅读各种专业书籍，不断拓宽自己的知识面。他希望用自己的实际行动，诠释什么是“科技兴国”，将真正的爱国精神和学术追求融为一体。毕业后，他凭借优异的成绩进入南京有线电公司进行实践与研究，之后历任南京有线电公司助理工程师、工程师，总参谋部计算技术研究所研究员。

1946年，第一台计算机的诞生震动了世界。这是一个占地约1800平方英尺、重达27吨的庞然大物，被取名为埃尼阿克（ENIAC）。ENIAC的设计和建造是一项庞大的工程，它使用了约18000个真空管，能够进行复杂的数学计算和数据处理。从它诞生的那一刻起，宣告着人们的生产、生活、交流方式已被彻底改变。而彼时的中国虽然战胜了日本侵略者，但仍未结束纷乱与战争。张效祥没有想到，10年后的自己，将带领一批年轻有为的中国科学家，搭上这趟数字文明时代的列车，并开拓出自己的道路。

真正好的东西买不来

1956年冬，根据《1956—1967年科学技术发展远景规划纲要》（简称《十二年科技规划》）规定，国家有关部门选派科技骨干组成20人的进修团，赴莫斯科的苏联科学院精密机械与计算技术研究所和苏联科学院计算中心等机构，学习计算机技术，张效祥受命担任团长。新中国成立之后，许多领域都迈入了快速发展的进程，但在计算机方面仍是一片空白。由于缺乏算力，我国始终无法进行大型的计算，包括三峡大坝应力分析、原子弹科学数据的科学计算等，如果有一台计算机加持，必然能够更加顺利地推进项目。而张效祥的团队就是要啃下这块“硬骨头”，为中国计算机事业开垦荒地。

拓荒的征途绝非一帆风顺。刚到苏联时，那边的专家认为，中国因为不具备制造计算机的条件，就应该在苏联设立计算机研究室。

“有我们的专家在身边，方便为贵国启动计算机研制工作提供帮助。”苏联方如是说。

但张效祥拒绝了他们的提议，“不识好歹”地决定回国开展自主研制。

他说：“真正好的东西是买不来的。只有我们自己掌握核心高技术，才能保证国家经济、社会的快速安全发展。”对于国家尖端科技规划，张效祥不仅有着必成的决心，还有着更长远的眼光和更宏大的“野心”。毕竟，最终的目的不仅是制造出一台计算机，而且是培养出自己的计算机人才以及计算机事业的管理人才等一系列配套人才。如果在国内研发，还有利于在全社会范围内更快地形成计算机的理念，在未来产生更广泛的影响。

在这种自力更生思想的指导下，张效祥和进修团的科研人员于1958年先后回国。虽然他们已经熟悉了计算机的基本原理，但是回国之后的实际研发过程仍然阻碍重重。没有太多经验，那就一遍遍试。未知的道路上荆棘丛生，但张效祥始终憋着一股劲，他想赶在国庆十周年之前，完成祖国交给他的这项任务。

在昼夜不停的尝试与不懈探索中，科研攻关终于取得了突破性的进展。1959年4月，中国自主研制的第一台计算机“104机”首次投入使用，并对当年5月的天气预报数据进行了精确计算。1959年秋，“104机”正式试制成功，并作为厚礼献给国庆十周年，《人民日报》对此发布了头版头条新闻。张效祥作为中国计算机事业的拓荒者，身先士卒，从无到有，为新中国开辟了计算机时代的新纪元。

中国自主研制的第一台计算机——“104机”

在随后的三十多年里，张效祥始终坚守在科研的最前沿，凭借坚韧不拔的拼搏精神，为国防科研事业作出了卓越贡献。他勇于肩挑重任，不仅先后组织领导了从电子管、晶体管到大规模集成电路等各代大型计算机的自主研发工作，更是亲自参与其中，为我国的计算机事业的开拓与发展发挥了举足轻重的作用。20世纪80年代，他主持研制成功中国第一台每秒运算亿次以上的巨型并行计算机系统，实现了科研领域的又一重大突破，并因此荣获国家科技进步奖特等奖。

协作创新，此志不怠

退休后，奋斗在科研一线几十年的张效祥将探索与突破的“接力棒”交到了年轻人手中。虽从科研一线离开，但张效祥依然关心中国高科技领域的发展，义不容辞地自发挑起培养教育与行业协作的重担，发表许多演说，团结各界专家，促进学术交流。

1988年10月5日，在北京西山的一次报告会上，张效祥在听取汇报和讨论后，为宏指令体系结构技术命名Macro Instruction Set Computer（MISC），并且说：“中国人为什么不能给计算机术语起名字呢？我看MISC就很好！”他不断鼓励年轻人大胆创新，勇于创新，向世界展示中国人自己的新技术。年轻人首先要有“志在必成”的自信，这既是他当年留学时的信念，也代表了老一辈科学家对年轻一代的期望。

张效祥还有一个愿望，他期盼在有生之年看到中国也能拥有自己的CPU。

在深圳市政府的支持下，北京多思公司携手深圳市信息化办公室共同成立了深圳市微处理器开发研究院，接住了张效祥手中的接力棒。自1988年取得代号为“7016”的中国原创CPU芯片技术成果后，该研究院不断创新，不断成功研制出一系列具有中国自主知识产权的CPU芯片。

张效祥对此十分欣慰。尽管年逾八旬，他仍接受邀请，亲自前往深圳，不仅参观了第五届中国国际高新技术成果交易会上多家单位的展示区，还出席了深圳市微处理器开发研究院的成立仪式。在仪式上，他亲自书写题词“蟠龙耀晖”赠予多思公司，分享了他对于科技发展和创新的见解，对年

2003年10月13日，张效祥（右）在深圳市微处理器开发研究院成立大会上为北京多思公司题词

轻人表达了殷切期望。

“我们要在计算机领域发展自己的核心技术，这样才有竞争力，否则永远落后于人家。影响世界的53项计算机领域核心技术都不是我国的，我们应该奋起直追。应该看到，近年来我国IT产业的发展令人鼓舞，过去认为不可能的芯片设计和生产，现在像雨后春笋般发展起来，而且发展得不错，应用领域非常广阔。一些研究机构和企业已开始进行操作系统的研制和生产……”张效祥说。确实，只有掌握了核心技术，我们才能在全球竞争中占据有利地位，否则将永远受制于人。

团结协作、齐力共进不仅是张效祥开展科研工作的导标（航道上的助航设施），亦是他作为一名共产党员的原则与力量。虽然我国IT产业蓬勃发展，但也需要清醒地认识到，与国际先进水平相比仍有差距。在这种环境下，协作精神不但没有过时，反而应该继续发扬。

工作、读书之余，张效祥最爱打太极拳。每当举起双臂时，他都感觉周身轻盈了起来，天、地、人在此刻融为一体，他仿佛回到了从前在西子湖畔读书的青葱岁月，如同他钟爱的计算机事业一样，这项传统运动已经陪伴他走过了整整五十个春秋，成为他长期保持身体健康的法宝。

90多岁高龄时，张效祥还殷切关心着中国电子信息产业的未来、集成电路等核心技术领域的发展，并多次向国家和行业主管部门建言献策。“我认为中国计算机事业需要政、产、学、研、用五个方面的结合：政就是政府，产就是产业，学就是高等院校，研就是研究机构，用就是广大用户，五个方面共同倡导这个事业，缺一不可。”他再次呼吁社会要打破条块分割的局面，真正联合起来，切实推进“以企业为主体，政产学研用相结合”的自主创新体系建设。

1991年，张效祥当选为中国科学院学部委员（院士）。

回首再看郭沫若曾为“104机”研制成功的题词：“百尺竿头进一步，实事求是埋头干。”这正是张效祥一生勤勉、探索不息精神的写照。

1988年国家科委专家评议会上，张效祥（中）、刘大力（左）、仲萃豪（右）合影

精神闪耀

在中国计算机科学的史册中，张效祥以其非凡的智慧和卓越的成就，成为一座行业灯塔。他不仅推动了中国计算机技术的飞跃，更以满腔热忱和挺膺担当，照亮了一代又一代科研探索者的征途。

张效祥一生致力于科学事业，为计算机科技的自主创新倾尽心力。在那个前沿科技尚属萌芽的年代，他胸怀大志，擘画蓝图，带领团队攻坚克难，终铸就中国第一台大型通用电子计算机——“104机”。这一创举代表了国之自信，开启了中华民族在计算机科技自主创新道路上的新篇章。他以博大的胸怀，拓展科技的边界，深耕计算机系统架构、并行处理等领域，引领着中国计算机技术的进步。每一次突破，都显著提升了国家的科技研发和产业的国际地位。更难能可贵的是，他培育和团结了众多科技英才，为国家的科技事业持续发展注入了源源不断的活力。

张效祥的人生，是对科学精神最深刻的诠释。他一生勤恳耕耘、严谨务实，在他的心中，科研不仅仅是寻求真知、解惑释难，更是对国家、对民族未来的深情承诺。这种崇高的科学情怀与不懈的追求精神，也点燃了无数科技工作者心中的火种，激励他们在未知的征途上前行。

如今，回望张效祥的一生，我们不只是在缅怀一位科学巨匠的辉煌岁月，更是在向他那坚定的自主创新、勇于探寻真理、无私奉献社会的精神致以最深的敬意。

院士小传

张效祥（1918—2015），浙江海宁人。计算机专家，中国科学院学部委员（院士）。

1936年，张效祥考入浙江省立杭州高级中学。1939年，考入武汉大学电机系。1956年，张效祥前往苏联科学院精密机械与计算技术研究所进修。归国后，开始领导中国第一台大型通用电子计算机“104机”的研制工作；之后，他又主持了中国自行设计的电子管、晶体管、大规模集成电路各代大型计算机的研发；领导完成了中国第一台亿次巨型并行计算机系统的研发。1991年，当选为中国科学院学部委员（院士）。

张效祥一生献身于国防科技事业，主编的《计算机科学技术百科全书》，在中国计算机界产生了很大影响。他是中国计算机事业的拓荒人，被评为“对我国20世纪IT事业最有影响的人物之一”。

执笔：赵贝琦

杭高贡院校区亨颐园碑亭

陈 达

扎根在土地上的社会学家

靠资料立论，用数字说话。

1910年的一个普通午后，从浙江省余杭县（今杭州市余杭区）东乡里河村的一户农家草棚内传来阵阵欢笑。

刚从田间回来的中年男子听说儿子将由县高等小学堂保送到浙江省城的杭州府中学堂（今浙江省杭州高级中学）读书，不禁喜极而泣。

“而且老师说，我可以直接跳班去读初中二年级！”小小年纪的陈达虽长着稚气的圆脸蛋，但是声音中已透露出大人的沉稳，“爹娘放心，我去了省城会给你们争气的！”

先生道自尊

作为现代中国杰出的社会学家和人口学家，陈达的学术生涯始于杭州府中学堂。

陈达自幼聪颖好学，17岁那年，由于在县高等小学堂成绩优异，为校长姚仲寅先生所赏识，受其资助，顺利进入省城的杭州府中学堂并直接跳级就读。这位农家子弟凭借着自己的天赋与努力，让家族命运在此处发生了重要转折。位于西子湖畔的杭州府中学堂是浙江省最早也是最好的公立学校，培养了近代史上许多大名鼎鼎的文化名人，比如与陈达同年入学的郁达夫、徐志摩等。这所著名的学堂以其全面而新锐的教育课程著称，陈达在这里不仅学习了基础的学科知识，还经常利用课余时间广泛阅读各类书籍，拓宽自己的视野。

陈达的一生，是一部行走与笔耕的史诗。可以想见，青年时期的读书经历对他的学术生涯产生了深远影响，包括坚持做笔记的学习与写作方式，很可能也得益于青年时期的阅读习惯。正如他在自传体著作《浪迹十年》一书的序言中写到的："我既打算将所见所闻与所想到的随时记下，其最方便的文体莫如笔记。我从小就学习做笔记，到如今还保存此习惯。"好记性不如烂笔头，青年时期的陈达就深知这点。尽管他记性也不坏，但在课上总是奋笔疾书，去图书馆时也随身携带笔记本，一遇到有启发的语句，就欣然摘录。笔记本就如同他最忠实的友人，与他一同经历日常生活与旅程的悲欢喜乐。他走到哪里，精神的足迹也就随着他的笔触镌刻在哪里。

后来，陈达在《浪迹十年》中，以笔记体的形式详细记录了自己在1934年至1935年间在闽粤、南洋地区和苏联的考察见闻，也回顾了自己后来的生活经历。比如，他记录了许多饮食起居的小趣事，体现异域风情。抵达巴达威的前一日，他在船上吃了一餐欧化的马来饭。这是陈达第一次吃热带辣椒，只一口便汗泪俱下，辣得跳脚。从此，他对辣椒萌生强烈的警惕，如临大敌，再也不敢大意。

19世纪90年代是一个新旧交汇的风云时代。在西学东渐的大潮中，社会学作为一门新兴学科也传入中国，生长于世纪交汇与文化交汇之节点，陈达与社会学的缘分也在此时开启。

在杭州读完中学之后，他于1912年考入清华学校（今清华大学）留美预备班。在清华校园中，他继续刻苦学习，还常在课余时间帮助

1935年，陈达访问德国时留影

教务处抄写、翻译，挣钱补贴日常生活开销，四年后终于顺利毕业，并由清华公费保送美国留学。在留美之初他并没有选择社会学作为专业，但在里德学院，他结识了教社会学的威廉·奥格本（W. F. Ogburn）教授，从此开始对社会学产生兴趣。

陈达的学术天赋在留学期间就受到了专业领域内外人士的认可。他曾获得哥伦比亚大学社会学系“荣誉学员”称号，并获得750美元奖金。这在当时也是一笔不菲的奖金。但陈达依旧保持着勤工俭学的习惯，除了留下一部分作为日常吃穿用度的开销，剩下的钱都寄回去补贴家用。终于，他在1923年获得哥伦比亚大学博士学位。

当时国家内忧外患，陈达甫一毕业，便接受了母校清华学校的聘请，回国任教。学生时代的深厚积淀，为他后来在国内创办、发展社会学系打下了重要基础。

作为师长、教授与系主任的陈达，在为人与教学上，也延续了他扎实严谨的作风。他总戴着一副宽大厚重的圆形黑框眼镜，身着朴素的黑色西装，不善言辞，不苟言笑，许多学生因此不敢轻易和他争论或开玩笑。

但有一人除外。

在一节“人口问题”课上，学生刘绪贻直接质疑陈达逐字逐句的讲课方法，不如自己阅读讲义的效率高。在一片鸦雀无声中，这位年轻的教授被气得说不出话来。

根据刘绪贻的回忆，他之后一直处于忐忑和后悔中，担心自己不顾面子直接“开怼”会在老师心中留下不良印象。然而，陈达非但没有为难他，反而对他的学习成果给予了高度认可，先是给他的课程论文与学年考试成绩打了高分，甚至还在其毕业后，邀请他留在自己主持的清华大学国情普查研究所工作。而当他因故准备去重庆工作时，陈达又热情地帮忙写介绍信加以引荐。与陈达相处过的人都能感受到其严肃外表下藏着的惜才爱生之心。陈达的度量和胸襟是其师者风范的底色，也是他自始至终延续的师道尊严。但是，有一些小事，让以严谨治学出名的陈达展现出有趣与可爱的一面。

抗战之时，陈达所在的国立清华大学与国立北京大学、私立南开大学组建成国立西南联合大学，迁校至昆明。此时的师生一边要读书、做研究，一边要躲避突如其来的轰炸袭击。据当时的联大学生陈岱孙回忆：“警报一响，师生一起跑出去，敌机飞到头上，大家一起趴下，过后学生抬头一看，哦，原来是某某老师啊，相视一笑……”对于乐观的联大师生来说，在轰炸下读书是一段不可替代的记忆，危机四伏的处境下更见学习的热忱，也拉近了师生的距离。

陈达在《浪迹十年》中也记录了自己在“流亡办学期”坐在坟头上课的经历。

早上十时三十五分，陈达正准备上“人口问题”课之际，忽然听见空袭警报乍鸣，有人提议到郊外躲避轰炸并继续上课，他觉得这个提议有趣，“欣然从之”。于是师生一行过黄土坡，找到一片小树林。这里没有教室的四壁，没有讲台和课桌，只有郁郁葱葱的树木和泥土的芬芳。陈达环顾四周，目光落在一处泥坟上。他走过去，毫不在意地坐下，依旧泰然自若地开始讲人口理论。学生们围坐在他的周围，有的坐在草地上，有的倚靠着树干，拿出纸笔进行记录。

陈达的声音低沉而坚定，打破了小树林的寂静，还吸引了路过的村民，不少村民驻足停留，加入这个特殊的“课堂”。他自知理论课程的枯燥，甚至自我调侃道：“小贩的吆喝声（此起彼伏），叫卖糖果与点心，稍稍扰乱思路。不然，可以调剂屋内上课的机械生活与沉闷。”

这个小故事不仅是陈达师生的独特经历，更是那个动荡岁月的缩影。空袭警报仍在嗡鸣，但陈达师生仿佛置身另一个世界。越是纷乱的时代，越需要知识的传承、知识的力量，以及闪耀着光辉的人性，不忘来路，始知归处。

扎根土地，求实创新

南迁的岁月是艰难而穷苦的，前有日军炮火紧逼，后有骡马嘈杂、虫鼠叮咬，而陈达心中却总有一个声音在催促着：现代中国的人口普查工作迫在眉睫！

到达云南后，陈达一家人在文庙的崇圣祠居住，但这个“免费住处”光线不足，常常漏雨，虫鼠肆虐。陈达在日记中用诙谐的语调记录了雨天的窘迫：“余用饭碗接漏，灶上共摆五碗，各碗很容易漏满，余忙于倒水，辗转倒换，周而复始……厨房长十步、宽七步，今日有漏十四处。”触景生情，他想起浙江余杭老家形容穷人屋子的俗语：“晴天十八个日头，雨天十八个钵头。”在这般环境下，他仍是苦中作乐，平日除了读书写作、上课、调查，便以种菜和钓鱼自娱，在贫寒中从容开辟出一方净土。

作为中国第一代社会学家的代表人物，陈达面对的是处在新旧交替中百废待兴的中国，除了恶劣的客观环境，多年战乱与积弊造成的人们对“抽壮丁”的恐惧也增加了人口普查的困难。一听说户籍调查，人们生怕说出真实情况对自己家不利，瞒报谎报比比皆是。刚开始调查时，便有一户人家对调查员说家中长子已去世，做完死亡登记三天后，户主却突然跑来要求撤销死亡登记，承认是疑心调查员为兵差而来，便谎报了情况。在这种处境中坚持用科学方法进行人口普查无异于“知其不可而为之”，但特殊的国情也使陈达对中国的人口普查工作有了深刻的认识。

严建在《抗日战争时期云南社会学活动四题》中说，20世纪30年代末期到40年代前期，由陈达主持、西南联大社会学系师生参加的云南环湖一市（昆明市）四县（呈贡县、晋宁县、昆阳县、昆明县）的户籍调查，是当时全国范围内最早采用现代的普查方法进行的一次历时最长、规模最大的人口普查。而这场浩浩荡荡的人口普查，都是在那个烽火年代，凭借着陈达这样的社会学人的点滴血汗“一步一个脚印”建立起来的。

每次人口调查，时任西南联大社会学系主任的陈达都以身作则，一丝不苟。他带领学生挨家挨户访问，始终秉承“绝不遗漏”的原则。为了考证一个数据真实与否，不惜跑上几十里山路去核实。他常常想到读书时的青涩岁月，无论寒暑，每天起早摸黑，步行十五六里赶到学校，尚不觉苦，此时又谈何辛苦？只是尽力干好自己的专业之事而已。正是通过这种严谨踏实的工作，陈达与西南联大社会学系的师生为新中国国情与发展方略的制定留下了翔实可靠的一手资料，提供了“扎根在土地”上的理论依据。

人口普查是一扇窗，通过这扇窗，中国的经济问题、发展问题、环境问题都以生动切实的方式展现出来。1944年，陈达以昆明呈贡县的人口调查工作为主要依据，用英文写成《现代中国人口》，全文登载在美国的《社会学杂志》7月刊上，这在美国学术期刊史上也是少见的。随即，该书由芝加哥大学出版社出版，获得了高度评价与国际赞誉。这本书是陈达长期从事人口学研究的成果，不仅依据呈贡县人口调查经验，提出中国的人口调查应从“县”开始逐步推广到全国等具体方案，还捕捉到了中国近百年的人口发展规律，结合20多个国家的人口研究资料进行了对比分析。这部作品不仅展现了陈达作为社会学家的敏锐洞察力和深邃思考，更透露出他深深的家国情怀。而他的所有著作也都有这样的共同特点：资料丰富，叙述简要，鞭辟入里。

精神闪耀

在中国社会学和人口学领域，陈达教授无疑是一个标志性人物。这位杰出学者的人生轨迹和治学道路皆以浙江为起点，他更是将“造福于人”的家国情怀和处世胸襟践行于具体的工作，秉承扎实细致的调研风格和从实求知的探索精神，为中国的人口、劳动、移民问题的研究开辟了重要道路。

在辗转世界各地的一生中，陈达始终牵挂着家乡，他的学术成就和人格操守也烙印在这片土地上。作为一位深耕于人口和劳工问题的学者，他为浙江的人口建设、工业发展、劳动组织建设等提供了宝贵的参考意见。

陈达于1934年进行闽粤社区的社会和经济考察后形成了一份研究报告《南洋华侨与闽粤社会》

陈达等一批社会学专家所一贯坚持的“根据事实说话”的原则，看似容易，却是学术工作中极易丢失的。陈达不断强调“靠资料立论，用数字说话”，既以此要求学生，也鞭策自己。他将梁启超为自己题写的“以浅持博，以一持万；自知者明，自胜者强”挂在家中，以时时对镜自照、自我勉励。而这句话，不恰恰是陈达的教育思想和治学精神的生动写照吗？

院士小传

陈达（1892—1975），又名邦达，号通夫，浙江余杭人。社会学家、人口学家，中央研究院（中国科学院接收其部分办事处、研究所）院士。

1910年，陈达入学杭州府中学堂，1916年，赴美国留学，获得美国哥伦比亚大学博士学位。1940—1943年，任国立西南联合大学社会学系主任。1948年，他当选为第一届中央研究院院士。

陈达先生毕生致力于劳工、人口和移民问题的研究与教学。从回国任教至1952年，亲自主持或参与了24次社会调查工作，并长期担任清华大学国情普查研究所所长。他注重实际调查，永远用数据与材料说话，提出符合国情的政策方案，为政府部门提供了有益参考。他是当时中国社会学学界最有国际声誉的社会学家之一，是现代中国人口学的开拓者，也被称为“实地研究中国劳工问题之第一人”。

执笔：赵贝琦

陈建功

中国函数论的开拓者

我热爱科学，科学能战胜贫困，真理能战胜邪恶，中华民族一定能昌盛。

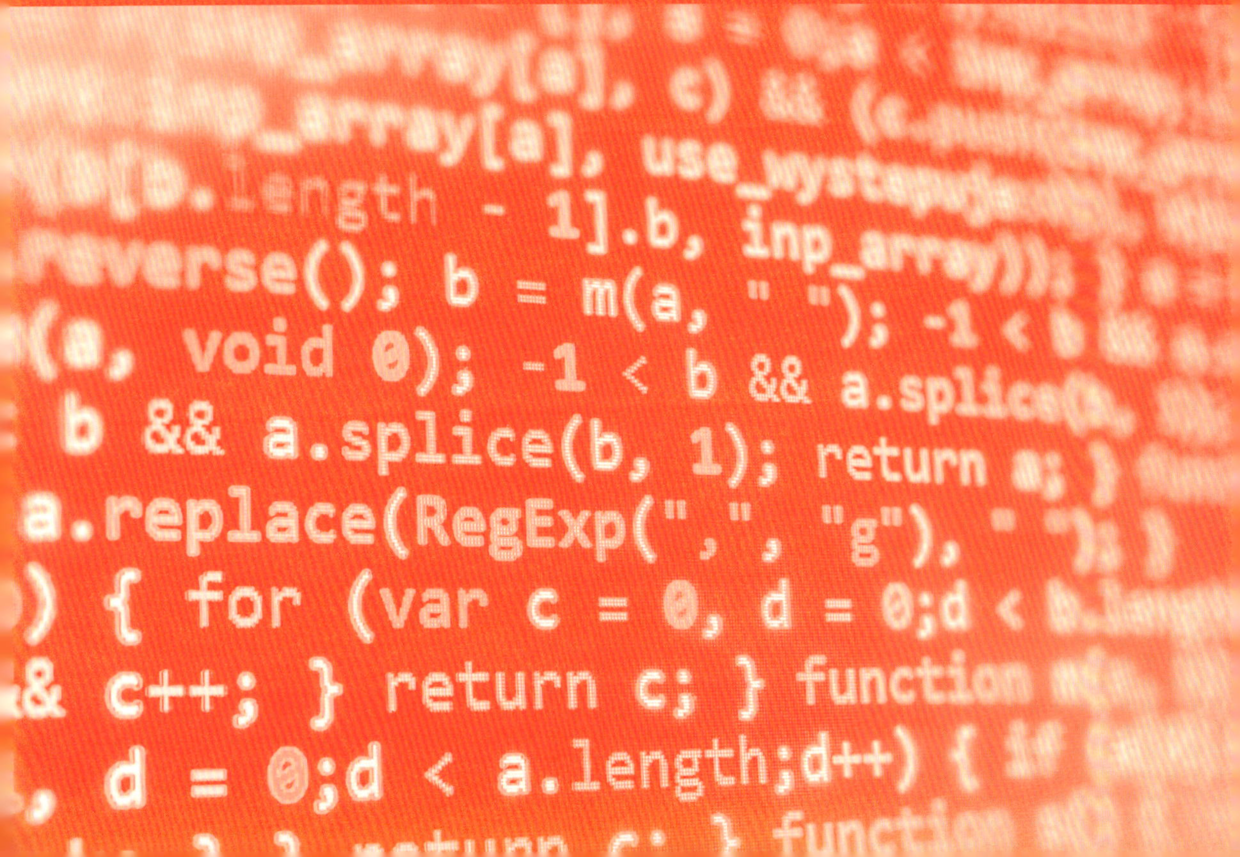

浙江绍兴，某户人家的私塾门口，一个四五岁的孩子发着烧，挣脱了祖母的手，向先生跑去……他从著名的蕺山书院毕业后，考入了绍兴府中学堂，成为鲁迅先生的学生。他读书十分专心。放学回家后，他喜欢爬到自己的床上去看书，年幼的妹妹们有时来捣乱，他并不责怪她们，却想出了一个改善学习条件的办法：将床脚垫高，让妹妹们够不着，无法再翻乱他的书本。有一天，他坐在高高的床铺上，双脚搁在床边的一张旧茶几上，看书入了神，无意中以脚摇动茶几，一不小心将茶几踢倒在地。祖母闻声而来，问他怎么了，他竟连茶几倒地也不曾发觉。他就是我国函数论的开拓者——陈建功。

刻苦好学是成功的本色

自小勤奋刻苦的陈建功，在17岁时离别故乡，来到山明水秀、风景绮丽的文化名城杭州，进入浙江官立两级师范学堂（今浙江省杭州高级中学）。在校三年间，他最喜爱的一门功课是数学。毕业以后怎么办？同学们有的要去北京，进师范大学深造；有的想去日本留学，将来准备科学救国，使古老的神州国富民强。为国家，为家庭，为心爱的数学，陈建功选择了出国深造的道路。

考虑到并不富裕的家境，他格外珍惜出国深造的机会。在日本求学期间，他曾同时考入两所学校进行学习：白天在日本东京高等工业学校学习染料化工，晚上到东京物理学校学习数学。两千个日日夜夜，他终于从东京高等工业学校和东京物理学校毕业了！

1920年，回国不久的陈建功告别新婚的妻子，第二次赴日留学。他在仙台考入日本东北帝国大学数学系。1921年，在他还是该校一年级学生时，他的第一篇论文在日本《东北数学杂志》上发表。这是标志着中国现代数学兴起的一件大事。从此，人们就对这个中国留学生刮目相看。在此期间，为了了解国际数学界的最新动态，他努力学习外文，掌握了日、英、德、法、意、俄六国的语言，并能熟练运用日文、英文。

1926年，陈建功第三次东渡，在日本东北帝国大学当研究生，致力于三角级数论的研究。当时，世界上许多一流的数学家都在极力试图解决一个难题：如何刻画一个能用绝对收敛的三角级数来表示的函数？1928年，陈建功独立地证明了这类函数就是所谓的杨氏卷积函数。他的论文发表在日本帝国科学院的院刊上，令国际数学界瞩目。

他的学生、杭州大学数学系教授谢庭藩回忆说："陈先生学识广博，总是能看到别人看不到的东西。"

之所以能看到，是因为陈建功对国际最新学术潮流和发展动向的时刻关注。他敏锐地洞察到函数论是一项热门研究，便潜心钻研，开创了单叶函数论方向的研究，并在解决单叶函数论系数估值这一中心问题上取得了开创性的重要成果。

清澈的爱，只为中国

1929年，一位中国留学生在日本东北帝国大学获得日本理学博士学位。他不仅是第一个获得日本理学博士学位的中国人，也是在日本取得这一荣誉的第一个外国人。这个消息轰动了当时的日本。日本报纸以及当时世界主要报纸都在头版刊登了这一报道：日本的理科学者们专门集会来庆贺他的成就。

1929年，陈建功（第三排右五）在日本东北帝国大学博士毕业时的合影

受"科学救国""教育报国"等思想影响，辛亥革命后的1913年，胸怀"科学救国"强烈愿望的陈建功，虽然家境贫寒，但是仍然自筹路费去日本留学。在他终于完成学业、获得博士学位后，他的导师这样恳切地挽留他：

“在我们日本，获得理学博士学位相当难。你在日本数学界有了这样的声望和地位，还愁将来没有灿烂的前程吗?”

“先生，谢谢您的美意。我来求学，是为了我的国家和亲人，并非为我自己。”异国求学十二载，陈建功“科学救国”心切，一刻也不想停留。

初衷不变，他的胸腔中搏动着一颗热诚的赤子之心。

是年，36岁的陈建功踏上了归途。回国后，他开创新的研究方向，建设研究基地，成为中国数学界公认的函数论开拓者。陈建功作为领衔人之一，拉开了中国现代数学的发展序幕。

他对国家有着一颗赤诚之心。抗美援朝时期，陈建功支持正在浙江大学电机系读三年级的大儿子参军；回国前叮嘱好友苏步青“西山不可久留”；掌握多门外语，却坚持写中文教材、讲义，用汉语讲课。

他痴迷于数学，除了坚持个人兴趣，更主张数学科学面向国家建设需要。他的第三子、数学家、中国科学院院士陈翰馥回忆说：“我在大学定学习方向时，请教父亲是否学习函数论或什么（其他科目）。他说，根据国家发展需求，要加强概率论、微分方程、计算数学等学科，于是我就选了概率论。”

“祖国的数学该如何尽快缩小与世界先进水平的差距?”陈建功的理想是改变我国科技落后的面貌，培养和造就一个国际一流的数学学派。

在浙大，陈建功首先开展了三角级数论研究，成为国内该领域的开创者。此后，无论何时，他对三角级数论的研究一天也没有中断过。

1971年4月，陈建功去世。

“数学发展状况如何?”陈建功在生命的最后时期仍在写信打听数学事业的前途。临终前，他坚定地对唯一的探访者说：“我热爱科学，科学能战胜贫困，真理能战胜邪恶，中华民族一定能昌盛!”

今天，中国的数学再次迎来发展的“黄金时代”。陈建功所开创的事业、未竟的梦想正在一代又一代数学家的努力下继往开来、蓬勃向上。

“上讲台精神百倍，下讲台满身白粉”

“上讲台精神百倍，下讲台满身白粉。”这是他的师弟，也是教育合作对象苏步青对他的描述。陈建功不但是一位数学家，而且是一位杰出的教育家。陈建功在浙大数学系时，与苏步青强强联手，创造了我国现代数学发展的“黄金时代”。如果没有陈建功先生，杭州大学数学系不会发展得这么好。他认为，“培养人比写论文意义更大更重要”。这一理念也贯穿他的整个教学和科研生涯，直至晚年。

课堂上的陈建功像是一名战士。他曾说，上课像打仗一样，要充分准备，每讲一个新内容，应讲清问题之来龙去脉。他的课堂除了公式定理，更是充满了前人研究问题的曲折历程和数学故事。

他给出“数学教育”的定义，即以调和的精神，选择教材，决定教法、实践的过程，并逐渐总结出独具特色的数学教育三原则。

一是要努力提高学生的自学能力和青年教师的独立工作能力，而这两种能力的提高很大程度上取决于严格有效的训练。

1931 年，他与苏步青决定，在高年级学生和青年助教中开设“数学研究”讨论班，分为甲、乙两类，前者精读一本最新数学专著，后者读懂一篇国际数学杂志最新发表的前沿论文。

然后，学生轮流登台讲解，陈、苏两位教授和其他学生可随时提问。如果学生准备不充分，没讲好或问题没答好，便会遭到当堂“训斥”。可以想象，面对专业和外文两大挑战，这种“赶鸭子上架”的治学方式让学生不得不更加刻苦钻研，不敢有丝毫侥幸和懈怠。

后来成为数学界中流砥柱的陈门弟子用实际行动证明了这种方法的卓越成效。而这一方法也极大地推动了中国现代数学学科不断开枝散叶，在新方向上有所拓展，甚至领先世界。

“陈氏教学法”的另一个特色是每周一次的“论文介绍课”。

“每周三上午第三、四节课，陈先生给我们介绍最新论文，告诉我们研究什么问题、什么时间提出来的、问题研究到什么程度了、哪些问题还没有解决等。我们受启发写论文，陈先生会亲自修改指导并推荐到高水平期刊上发表。”

1937 年 4 月，陈建功（前排左三）与国立浙江大学文理学院数学系师生合影

陈建功晚年工作时的留影

“陈先生上课不带讲义，但不是没有。我亲眼看到，他每年都要重新编写（讲义），删掉老的内容，补充新的内容。”

在自编教材上，陈建功可谓倾尽心血。他编写的《实函数论》《复变函数论近代问题的研究》等教材讲义数十年后仍然是浙江大学数学系教师的进修参考书。

陈建功的教学还有一大特色，即数学教育一定要与科学研究相结合。陈建功常说，要教好书，必须靠搞科研来提高；反过来，不教书，就培养不出人才，科研也就无法开展。

陈建功提出的数学教育三原则要求增强数学教育的实用性，理论联系实际。他的数学教育思想对今天的数学教育改革发展仍具有重要的指导意义。有数学史专家统计过，就培养研究生成才的人数而论，陈建功当属全国培养人才最多的数学家之一。

精神闪耀

当时，陈建功博士从海外归来的消息很快就在各所高校传开了。北京大学、武汉大学、浙江大学都寄来了聘书，争相聘陈建功博士当数学教授。论待遇，前面两所大学的月薪高，浙江大学的低一些；论研究条件，北京大学和武汉大学历史悠久，藏书多，条件无疑比创办不久的浙江大学优越。研究物理、化学、生物学都需要借助实验设备，而研究数学，专业书籍和杂志最为重要。故而数学系的图书馆，作用简直与物理系的实验室不相上下，藏书多少绝非一件小事。面对三份聘书，陈建功婉言谢绝了前两所大学，决定赴浙江大学任教。

陈教授为什么选择了浙大，至今有几种不同的说法。许多人说，他不太看重钱，又特别孝顺母亲，到浙大是为了便于照顾住在绍兴的父母和妹妹；也有人说，他喜欢到杭州去工作，因为这个城市幽静、美丽；还有人讲，正因为浙大数学系新建不久，新开辟的天地更利于他施展自己的抱负，很可能三种因素兼而有之吧。

一天，陈建功去找浙大校长邵裴子，告诉对方日本东北帝国大学的中国留学生苏步青最近获得了理学博士学位，他在回国之前与苏步青有过交往，知道这位青年数学家学问好、能力强，浙大应当请他来当教授。接着又说，苏步青的工资待遇应当和他自己一样，而且把苏步青请来之后，自己不再当系主任，让苏步青来当。“行政工作我不大会做，我做学术工作好了。叫我开会讲话，我不行。苏先生能干，他做好。”这让邵裴子十分为难——让同事和学生都十分敬重的陈教授辞去系主任职务，似乎不妥。陈建功再三声明，自己辞去行政职务是为了集中精力搞科研和教学，并无其他意思。邵裴子与这位数学家相处将近两年，知道他为人正直，不会作假，只得勉强同意他的要求。微分几何专家苏步青来到浙江大学之后，与函数论专家陈建功密切合作，相得益彰，培养出大批数学家，逐渐形成了令国内外广泛称道的“陈苏学派”。

现今杭高贡院校区的“建功理学馆”就是以陈建功的名字命名的，这里承载了陈建功院士的一份期望，也肩负一份沉甸甸的责任。

杭高贡院校区建功理学馆

院士小传

陈建功（1893—1971），字业成，浙江绍兴人。数学家、数学教育家。中国函数论方面的学科带头人和许多分支研究领域的开拓者，中国科学院学部委员（院士）。

陈建功对数学情有独钟，毕业于日本东北帝国大学（后更名为日本东北大学），专攻三角级数论，获得博士学位，成为首个在日本获得理学博士学位的外国学者。回国后，他积极开创新方向，建设研究基地，拉开了中国现代数学的发展序幕。1955年，当选为中国科学院学部委员（院士）。

陈建功院士曾任浙江大学、复旦大学教授，杭州大学教授、副校长。在浙江大学时，与苏步青合作，创立了蜚声中外的“陈苏学派”（又称“浙大学派”）。主持创办了浙江大学数学研究所。他的巨著《三角级数论》，成为中国数学研究史上永恒的瑰宝。

执笔：董文

杭高贡院校区经亨颐校长雕像

陈望道

发凡真理的语言学大家

学生要明辨是非，反对权威。先生有不对的地方，学生应该批评，不批评的不是好学生。

1919年的一天，在浙江省立第一师范学校（今浙江省杭州高级中学）担任国文教员的陈望道正和几个同事在房间里讨论校长经亨颐的教育改革主张，听到有人在房间外反复踱步，正当他们觉得奇怪而停下讨论时，对方又故意大声地朝屋内喊："我如果没有其他办法，就用枪打死他们!"

原来门外说话的教员是北洋军阀控制的省政府派来的秘书，此人思想保守反动，对陈望道等人支持学生自治与国文改革等"离经叛道"的做法怀恨在心，欲除之而后快，因而出言恐吓。陈望道等人听闻此话，相视一笑，毫不在意，反而更热烈地讨论起来。

启蒙先驱，新文化运动的斗士

陈望道

在1919年的浙江一师，有四位被保守派称为"四大金刚"的国文教师——陈望道、李次九、刘大白、夏丏尊。其中，陈望道更被认为是"四大金刚"之首。从这个"贬称"之中可以看出，陈望道当时在浙江一师学生中的影响力令保守派十分忌惮。

在学生心目中，刚从日本留学归国的陈望道虽年轻，却是一个"超级学霸"。从1915

年初赴日留学到1919年五四运动后归国，在这四年半的时间里，陈望道先后在五所大学学习，修习了法律、经济、物理、数学以及哲学、文学等许多学科课程。他曾说："我是在农村读国文，绣湖学数学，金华攻理化，之江习外语，到了日本，则几乎从自然科学到社会科学无不涉猎。"

这种文理融通、博观约取的精神，正是杭高教育所提倡的。在一个多世纪后的今天，我们依旧能时时感受到这种精神在当代杭高学子身上的回响。

留学期间，陈望道热衷于参加留日学生组织的社会活动，结识了日本著名进步学者、早期社会主义者河上肇、山川均等人，阅读了他们介绍马克思列宁主义、宣传俄国十月革命的著述，在他们的影响下，逐渐萌生了"救国还必须进行社会革命"的进步思想。

所以，当学贯中西的陈望道刚刚走上浙江一师的讲台，便立刻引起了轰动，受到学生的热烈追捧。而他带来的进步思想，更深刻地影响着浙江一师的学生们。

有一次，陈望道给学生们演讲时说："学生要明辨是非，反对权威。先生有不对的地方，学生应该批评，不批评的不是好学生。"在场的师生听闻此语，深受触动，纷纷起立鼓掌。

当时，"打倒孔家店"的意识已形成，但浙江当局仍要举行"祭孔"大典，浙江一师高年级的学生是"祭孔"的主要参与者，他们有的要担任司乐，有的要跳"八佾舞"。陈望道便提出"反对尊孔读经"的主张，学生受到新文化运动思想的熏陶，纷纷抵制祭祀孔子的

“丁祭”仪式，拒绝向孔子朝圣，并要求取消孔子诞辰休假的规定。

除了对学生们在学识上的引领和思想上的启蒙，1919年底，陈望道还推动了进步刊物《浙江新潮》的诞生。在《浙江新潮》的前身，即以“一师校友会”名义出版的《浙江省立第一师范校友会十日刊》中，学生们写下创刊词：“我们要改造社会，转移人心，打破数千年来的偶像和权威，赶紧改革现行学制，使我们学生的创造力都得到充分自由的发展……”

不久之后，浙江一师学生施存统在陈望道的指导下在《浙江新潮》上发表《非“孝”》一文，主张在家庭中用平等的“爱”来代替不平等的“孝道”，在社会上引起轩然大波，触怒了当时的浙江军政当局乃至远在北京的北洋政府，最终引发轰轰烈烈的“一师风潮”。

“一师风潮”是对五四运动最为清晰的回应，浙江一师也由此成为浙江新文化运动的中心。

千秋巨笔，真理味道的传播者

在浙江一师的经历让陈望道更加清晰地意识到，要想真正地挽救中国，改良制度无济于事，一定要进行制度的根本变革。就在此时，他接到了一个重大的任务——翻译《共产党宣言》。

在当时的中国知识分子看来，《共产党宣言》几乎是马克思主义的同义词，而中国还没有《共产党宣言》的中文全译本。陈独秀等人一致认为，既对马克思主义有深刻了解，又精通英文、日文、修辞学的陈望道，几乎是翻译此书的不二人选。《民国日报·觉悟》主编邵力子也力荐自己年仅29岁的同乡陈望道，说："能承担此任者，非杭州的陈望道莫属。"

翻译《共产党宣言》，陈望道义不容辞，但难度也很大。1920年2月，他从浙江一师回到浙江义乌分水塘家中，对照陈独秀等人自上海寄来的日文版与英文版，开始着手翻译《共产党宣言》。

陈望道独自住进了早已作为柴屋的老宅，简陋的屋内，他把一块铺板架在两条长板凳上，既当桌子来译书，又当床来睡觉。"费了平时译书的五倍功夫"后，1920年4月下旬，《共产党宣言》的第一个中文全译本终于在分水塘的这间柴屋里诞生了。

一百年后，陈望道翻译《共产党宣言》的故事仍不断被人们记起，包括习近平总书记。

习近平总书记在讲述陈望道翻译《共产党宣言》的故事时，深情又意味深长地讲了一句话："真理的味道非常甜。"这句话则诠释了译书者的困难与乐趣、投入与专注。

墨汁的黑，如同中国当时的那段黑暗，底色沉沉，不知路在何方。真理的甜，又赋予了陈望道一往无前的勇气和力量，这股勇气让他为中国的革命事业一往无前，这股力量让他对真理大道矢志不渝。

陈望道本人也成了中国共产党最早的发起人和创建者之一。他与陈独秀一起，发起马克思主义研究会以及上海共产主义小组，同时他也是上海社会主义青年团的发起人和早期负责人之一。

陈望道在浙江一师任教时的学生俞秀松、施存统、宣中华、汪寿华、华林和浙江一师教师胡公冕等，也追随陈望道的脚步先后来到上海。在陈望道等人的感召下，这些青年才俊选择了共产主义信仰，义无反顾地走上了革命道路。

陈望道翻译的《共产党宣言》封面

后来，因与陈独秀意见不合，陈望道于1923年脱党，但他仍然积极为党工作，对共产主义的信仰始终未变。陈望道一直以“新文化运动的斗士”自居，他担任《新青年》的编辑工作，提倡妇女解放和婚姻自由，反对封建专制，这些都对社会的进步起到了推动作用。

30岁那年，陈望道在《民国日报》上创办了《妇女评论》副刊。除了写文章为女性解放运动鼓与呼之外，他还经常到各地发表演讲，为女性的觉醒摇旗呐喊。

陈望道在不同场合提出“婚姻自主”的主张，反对聘金，反对父母代定，反对媒人。他多次告诉朋友和学生，“自主的婚姻当然要以恋爱为基础，并以恋爱为界限”“婚姻的结合，当然应该是直接的内心的结合”。

据陈望道的外孙女杨若瑜回忆，每次坐公交车，陈望道都会让自己的妻子、女儿和外孙女先坐，如果途中有女士上车，他就会迅速站起来让座。

陈望道的进步思想和行为，在当时都是振聋发聩的时代新声。

中华人民共和国成立后，陈望道表达了回到党内的愿望。毛泽东同志说："陈望道什么时候想回到党内，就什么时候回来。"

不久，陈望道正式回到了党内。

陈望道夫妇

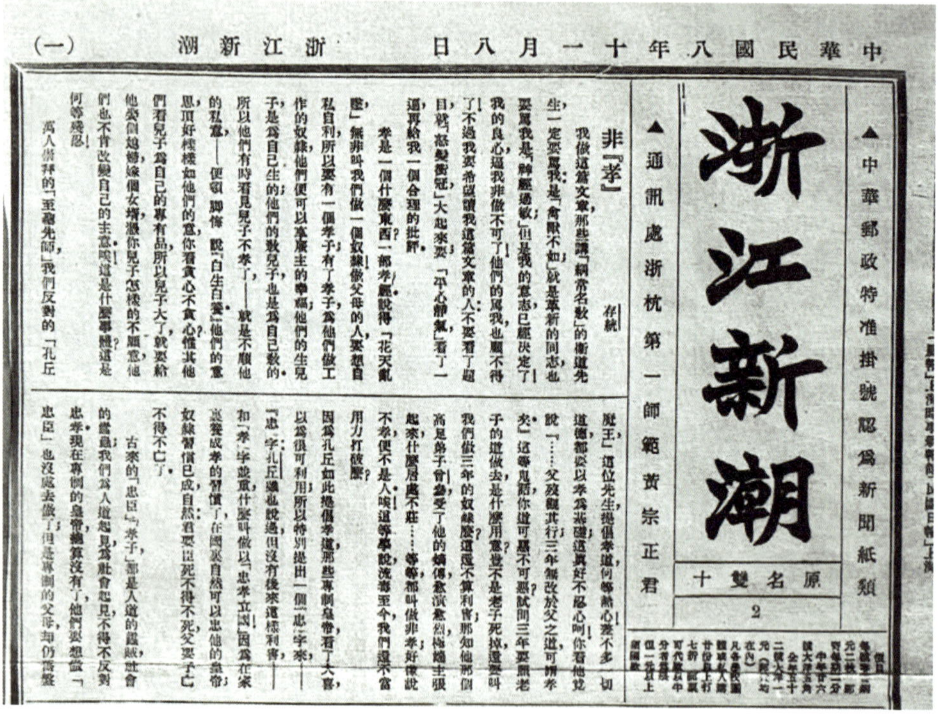

中華民國八年十一月八日　浙江新潮　(一)

浙江新潮

▲中華郵政特准掛號認為新聞紙類

▲通訊處浙杭第一師範黃宗正君

原名雙十

2

非『孝』

存統

我做這篇文章，那些講「綱常名教」的衛道先生，一定要罵我是「禽獸不如」，就是革新的同志也要罵我是「神經過敏」；但是我的意志已經決定了──我的良心逼我非做不可了！他們的罵我，也顧不得了！不過我要希望讀我這篇文章的人，不要看了題目，就「怒髮衝冠」，大起來；要「平心靜氣」，看了一遍，再給我一個合理的批評。

孝是一個什麼東西？一部孝經，說得「花天亂墜」，無非叫我們做一個奴隸，做父母的人，要想自私自利，所以要有一個孝子；有了孝子，為他們做工作的奴隸，他們便可以享康主的幸福；他們的生兒子，是為自己生的，他們的教兒子，也是為自己教的。所以他們有時看見兒子不孝了，──就是不順他的私意，──便頓腳悔說「白生白養」。他們的意思，頂好樣樣如他們的意，你看貪心不貪心？惟其他們看兒子為自己的專有品，所以兒子大了，就要給他娶個媳婦，嫁個女婿，你兒子怎樣的不願意，他們也不肯改變自己的主意呀！這是什麼尊嚴？這是何等殘忍！

萬人崇拜的「至聖先師」，我們反對的「孔丘魔王」，這位先生，提倡孝道，何等熱心！差不多一切道德，都以孝為基礎，這真好不忍心啊！你看他竟說「……父歿觀其行，三年無改於父之道，可謂孝矣。」這等鬼話，你道可惡不可惡？試問三年要照老子的道做去，是什麼用意？豈不是老子死掉，還要叫我們做三年的奴隸麼？這還不算利害；那知他那個高足弟子曾參，受了他的嫡傳，愈演愈烈，極端主張起來，什麼「居處不莊……」等等，都叫做非孝，好像說不孝便不是人。唉！這等孝說，流毒至今，我們還不當用力打破麼？

因為孔丘如此提倡孝道，那些專制皇帝看了大喜，以為很可利用，所以特別提出一個「忠」字來──「忠」字孔丘雖也說過，但沒有後來這樣利害，──和「孝」字並重，什麼叫做以「忠孝立國」，因為在家裏養成孝的習慣了，在國裏自然可以忠他的皇帝；奴隸習慣已成，自然君要臣死，不得不死，父要子亡，不得不亡了。

古來的「忠臣」，「孝子」，都是人道的蟊賊，社會的蠹蟲；我們為人道起見，為社會起見，不得不反對忠孝。現在專制的皇帝總算沒有了，他們要想做「忠臣」，也沒處去做了；但是專制的父母，卻仍舊盤

《浙江新潮》上刊载的《非“孝”》一文

精神闪耀

1949年9月，陈望道成为中国人民政治协商会议特邀代表，同年的10月，他应邀担任复旦大学文学院院长，并成为新中国成立后复旦大学的首任校长，也是复旦校史上任期最长的校长。

多年的留学经历让陈望道较早地接受了新式教育，了解了广阔的世界，所以每当他看到家乡落后的教育面貌，都感触良多，于是决定从教育入手，改变家乡乃至整个中国。那时的陈望道最想做的事情之一，居然是“炸平家乡的山”。因为那样，孩子们就不用走几十里山路翻山越岭地去上学，也可以接触到外面的新事物，而不至于成为“井底之蛙”。在后来的教育实践中，陈望道其实也在某种程度上实现了他的“炸山”壮举。

有一次，陈望道看到“无鸡鸭亦可无鱼肉亦可青菜一碟足矣”这句话，意识到一句话的标点放的位置不一样，意思会完全不同，而不懂得标点符号的用法就无法正确领会文章和句子的含义，于是便发出了“标点可以神文字之用”的感慨。1920年，北洋政府教育部批准《请颁行新式标点符号议案》，这和陈望道《标点之革新》一文的呼吁紧密相关。在语文教学中，陈望道还意识到，如果不懂修辞，不懂得如何使用一些虚词，就无法正确地表达内心想法。一开始，他尝试编一些教材，试图逐字逐句纠正学生，但是很快便发现效率太低，影响面太窄，于是转而从底层逻辑上研究中国语言。

陈望道建立了中国现代修辞学的科学体系。1955年，时年64岁的陈望道当选为中国科学院哲学社会科学部委员，成为杭高53位院士群像中浓墨重彩的一笔。

新中国成立后，他曾一度担任上海市人民委员会委员、上海市政协副主席、民盟中央副主席等重要职务，但在生活中却一贯低调而朴素。有一回，陈望道的妻子想出去办点事，希望陈望道的车能捎她一段路，陈望道却摇头拒绝。陈望道以老一辈无产阶级革命家为榜样，常对家人说："要向他们学习，过家庭关、亲戚关、朋友关，你们都要自力更生……"

陈望道的外孙女季清如曾在杭州第一中学（简称"杭一中"）求学，杭一中也就是后来的杭高，其前身正是陈望道当初执教过的浙江一师。1957年的初夏，季清如在学校的布告栏里看到"著名教育家陈望道先生将于X月X日来我校讲学……"这一通知，很是高兴，但后来外公陈望道未能成行，讲学也临时取消了。听闻这个消息的季清如当场大哭，校长和老师们这才知道原来她就是陈望道的外孙女。

2019年5月，季清如女士回到母校浙江省杭州高级中学，在和同学们分享这段往事时说："外公从未为家人谋过一分私利，包括我们夫妇的大学毕业分配，学校根本不知道我有这样一位外公。"

天地清明，追思悠远；峥嵘百年，杭高群英荟萃。从陈望道身上，我们可以看到杭高人用智慧与勇气传播科学真理，用鲜血和生命守护家国山河的精神底色。时至今日，他已经成为杭高学子心目中永恒的精神丰碑，激励着后辈不断向更高、更远、更深处求索。

院士小传

陈望道（1891—1977），原名参一，浙江义乌人。毕业于日本中央大学法科，获法学学士学位。1919年回国后，任浙江省立第一师范学校国文教员，提倡白话文，是新文化运动的倡行者，指导学生施存统等创办《浙江新潮》等杂志，传播社会主义思想，参与了震惊全国的“一师风潮”，是我国完整翻译《共产党宣言》的第一人。

陈望道曾任《新青年》编辑，是中国共产党上海发起组成员。1921年，出席中共一大并当选为中共上海地方委员会第一任书记。历任第四届全国人大常委会委员，第三、四届全国政协常委，民盟中央第三届副主席。1952年，陈望道成为中华人民共和国成立后复旦大学的首任校长。1955年，当选为中国科学院哲学社会科学部委员。建立了我国修辞学的科学体系，主编《辞海》，著有《修辞学发凡》等。

执笔：吴亚骏

杭州高级中学国际交流中心（贡院）

金玉玕

国际地层学的“‘金钉子’之父”

这同时也让我真正醒悟了：只有靠自己努力学习知识，才能改变自己的命运。

清晨的杭高食堂，金玉玕捧着一碗滚烫的稀粥，像他昨天观察到的那个喝粥喝得最快的女同学一样，将嘴凑到粥碗边，一边转碗，一边喝。“快点，再快点！”金玉玕在心中催促着自己，不一会儿，粥碗见底，他起身冲向食堂档口，抢到了第二碗粥的份额。旁边的好友发出惊叹：“你这也喝得太快了！”话音未落，他继续把脸埋进粥碗里，一边嘟哝着“烫”一边加快了喝粥的速度。

知识改变命运

为了每顿能多添一碗饭，只能加快吃饭速度。这是当时杭高大部分寒门子弟的日常。

1937年，金玉玕出生于浙江省距东阳县（今东阳市）县城10公里的一个山村，是家中的老幺。在那个年代，饥荒、战乱成了人们不得不面对的局面。金玉玕一岁多时生了场重病，医生束手无策，在父母和兄姐的坚持下，“死马当活马医”，用针灸和拔火罐等土办法，将他抢救了过来，因此在他的前胸和后背上都留着火罐深深的烙印。他能被救过来是一个奇迹，亲朋好友都说“大难不死，必有后福”，说这个孩子以后会有出息。

金玉玕读小学时还是很调皮的，考试常“挂红灯”。1951年土地改革，家里被划为“地主”，家中除房屋外，土地、粮食都被分光了，只能以山芋、芋头充饥。金玉玕说：“那些东西当作辅粮偶尔吃吃是可以的，但当主粮吃，肚子胀胀的，老是堵着，上下不通气，非常难受。以后看到那些东西就再也不要吃了。”他父亲每次给他送粮食，看着瘦骨伶仃的儿子，脸上现出的是怜悯和无奈。金玉玕也从不抱怨，咬牙坚持着。

在这样的艰难岁月里，金玉玕坚定了要考杭高的想法。不仅因为那是当时杭州最好的学校，更因为它是公立的，学费较便宜，若上私立中学，家里恐怕无法负担高昂的学费。哥哥金玉琪对他说：“考不上杭高，就只有回家放牛。”

金玉玕后来回忆，自己初中阶段比小学好，不“挂红灯”了，但能否考上杭高，他自己一点把握也没有。杭高有名，考的人多，那时是自由报名的，不分地区、不分省份，任何人都可报名。结果金玉玕不仅考上了，名次还在前四十多名。

城市的学校和农村的大不相同，同学间的家庭背景差异特别明显，生活水平也千差万别。有些同学出手阔绰，有大方的，还请别的同学吃水果、冰棒等，学校的饭菜不合口味，就到外面吃。而对大多数同学来说，那些都是十分奢侈的，是可望而不可即的。但让金玉玕的心灵受到最大冲击的一件事，是他当时最要好的同学，因胃出血送医不及时，也没钱医治，很快就离世了。这位同学家中仅剩下一位母亲，唯一的儿子本是她人生的全部希望。

“当我亲手捧着那位同学的骨灰盒送到他母亲手上时，十几岁的我热泪滚滚，无言以对。”多年后金玉玕回忆起来，依旧心情沉痛，

“这同时也让我真正醒悟了：只有靠自己努力学习知识，才能改变自己的命运。”从此，金玉玕真正发奋努力，高考时以优异的成绩考入了南京大学地质系。

一寸丹心图报国

金玉玕在高考时取得了好成绩，填写志愿时，他本想选择高分子类的专业，但考虑再三，选择了地质专业。他认为，中国的土地如此广大而古老，但读懂它的人却不多，他决心要用知识敲开地球的“年轮”，挖掘出这片古老土地的更多故事，以报效祖国。

1959年，金玉玕从南京大学毕业后，被分配到中国科学院南京地质古生物研究所从事地层古生物研究工作。勤奋好学的他，于1981年申请到史密森尼学会下属的美国自然历史博物馆攻读博士学位。其间，他凭借自己的专业特长成为芝加哥艺术博物馆和纽约大都会艺术博物馆的访问学者。

当时有不少留学生出国后选择了留在海外，以金玉玕的能力，他完全可以留在美国享受优厚的待遇，但这从来不是他的选择。他在留美期间，一心想的还是如何推动国内的地质研究发展。为此，他刻苦钻研学业，省吃俭用，利用挤出来的课余时间和省下来的生活费，考察了美国各地有关石炭纪和二叠纪的地层剖面，拍摄了大量幻灯片并寄回国内，为我国石炭纪和二叠纪地质研究作出了重要贡献。

金玉玕在观察矿石标本

金玉玕在野外科考

研究古生物有什么用呢？金玉玕生前曾经这样回答过媒体采访：“简单地说，在石油勘探、找矿等地质调查有困难时，它都可以帮上忙。”比如在石油勘探中，人们可以通过对从地下几公里处采集的石头进行研究，从而判断地下是否有石油，以减少不必要的开采工作。那么，如何判断呢？石头上可能会遗留花粉、孢子等化石，通过对这些化石的辨认，可以了解亿万年前此处的地质地貌、温度、气候，最后综合其他资料，就可以得出是否有石油的结论了。

找石油，这对当时迅速发展的中国来说，是一件极为重要的大事。运用所学知识报效祖国，更是金玉玕一直以来的心愿。1984年，金玉玕刚回国不久，就参与主持了中国科学院五个研究所合作的“准噶尔盆地油气分布”综合地层研究工作。

这是一项艰巨的任务，涉及道路交通、住宿餐饮、通信联络等各项事务的统筹协调工作。而当时准噶尔盆地的基础设施条件很差，研究工作的协调难度很大。但是，金玉玕带领大家共同努力，经过几个月的野外艰苦工作，按计划圆满完成了任务。其后经整理完成的研究成果——“准噶尔盆地油气分布”获国家科学技术进步奖二等奖、中国科学院科技进步奖一等奖。

精神闪耀

金玉玕的荣誉和奖章都离不开他的个人奋斗，但他始终感谢国家提供的支持和师长前辈的引领，也感谢家乡与母校的栽培。

金玉玕工作认真，每年都到野外，坚持在第一线考察研究。哥哥金玉琪在杭州定居，是扇面微楷技艺传承人。兄弟俩情谊深厚，却不常见面，大多数时候以写信的形式“团聚”。在信中，金玉玕不忘过问家乡东阳的变化与发展，愿为家乡做些实事。

对于见证他成长的杭高，金玉玕同样满怀深情。他感谢杭高的栽培，称赞杭高的教育水平高，学校的培养加上自己的努力，才让他有了后来的成就。

金玉玕名字中的“玉”字代表他在家谱中的辈分，而“玕”的含义则与石头有关。他的一生如玉石的形成过程一般，在年少艰难的“高温高压”环境下磨砺自我，在坚定不移的报国信念中实现价值。他的执着、努力、追求和不断探索的精神，没有辜负长辈们起名时的心意。

由于常年劳累，积劳成疾，金玉玕于2006年离开人世，享年69岁。他毕生献身科研，挺起了我国在地质科学界的脊梁，将两枚“金钉子”（全球界线层型剖面和点位的俗称，“金钉子”是地球地质史每个朝代界线的起点）镶嵌在中国大地上，也将信仰的力量敲进了我们心中。

院士小传

金玉玕（1937—2006），浙江东阳人。古生物学家，中国科学院院士。

1955年，金玉玕从浙江省杭州第一中学（今浙江省杭州高级中学）考入南京大学地质系。1981年，赴美攻读博士学位。1983年回国后，他一心投入中国地层学和古生物学的研究中。1989年，他牵头创建了中国第一个现代古生物学和地层学开放研究实验室。2001年，当选为中国科学院院士。

金玉玕长期从事腕足动物化石研究，是中国石炭纪和二叠纪地层研究的学术带头人。他带领团队系统地描记中国特定地区的腕足动物群，是目前世界上建立有效新属最多的腕足动物化石专家之一；建立新的国际二叠纪地层年代新系统；领导国际工作组在我国先后建立吴家坪阶和长兴阶底界的“金钉子”剖面，将中国二叠纪地层学研究带入国际前列。

执笔：苏若璇

杭高贡院校区俯瞰

周廷儒

中国地理学的开拓者

要把书本知识学活，到大自然中去认识世界、改造世界。

“然后呢？他们约你去打架，你去了吗？”

周廷儒这天难得没有外出考察，也没有伏案写作画图，反倒跟他的孩子们聊起了他小时候的故事。

周廷儒小时候离开家乡新登（今属杭州富阳区）去到很远的嘉兴秀州中学读书。刚到不久，本地学生想欺负他这个外来的学生，要找他打架。周廷儒说：“好吧，晚上十点，在井边见面。”晚上，到了约定时间，他对对方说：“我是练过气功的，我能把井里的水拍响，你们行吗？”对方不信。周廷儒说：“你们先试试看。”几人尝试了一下，发现都不行。这时，周廷儒走到井边，先蹲下，然后抬起手，向井里拍去，只听井内发出声响，接连拍了三次，发出三声响。那些欺负人的同学听到后感到害怕，就赶快跑了。

儿子周宏英瞪大了眼睛，握住父亲的双手看了又看。这双手的关节处长着厚厚的老茧，有翻山越岭磨出来的，也有伏案握笔写出来的，怎么看也不像是能隔空把井水拍响的样子。

“实际上，我白天就把一块砖头系在细绳上，挂在井口边，到了晚上，别人看不到这个机关。我在井边蹲下时，拿住了细绳一头，然后把石头拉起来，向井内放下，井内就出声了。”听了父亲的揭秘，孩子们都哈哈大笑起来。

“半工半读”的大师

在儿子周宏英的印象里，周廷儒总是格外繁忙。因而这个讲述儿时趣事的难得的温情时刻让他记忆犹新。其实，这个故事背后隐藏着周廷儒求学的不易。

就读于中山大学时期的周廷儒

青少年时期的周廷儒，生活在军阀混战、民不聊生的苦难中。家里经营着一家小商店，勉强维持生计。父亲的过早离世，使得本就贫苦的家庭雪上加霜。小学刚毕业的周廷儒，为了减轻家庭的负担，不得不远离家乡，到三四百里以外的嘉兴秀州中学读书。小小年纪便只身在外，还要面对同学的欺负，尽管最终被他机智化解，但其中的艰辛只有周廷儒一人知道。

就读于美国加利福尼亚大学伯克利分校时期的周廷儒

周廷儒十分早熟，学习勤奋努力，学业成绩优异。老师们也乐于为他提供勤工俭学的机会。于是在初中时期，周廷儒就利用课余时间，靠帮助老师批改低年级的英语作业和试卷勤工俭学，以贴补伙食费用。青少年时期的周廷儒，已经具有较强的独立生活和工作的能力。周廷儒曾在回忆文章里写道，在秀州中学读书时，他就已经在经济上达到半独立的状态。

这种半工半读的学习方式培养了他高效处理事务的能力和独立学习研究的习惯。1929年，周廷儒通过秋考，取得了浙江省官费保送的名额，进入广州国立中山大学地理系学习。1935年至1937年，周廷儒到浙江省立杭州高级中学担任地理课教员。他对教学充满热情，专业知识过硬，备课认真负责，受到了杭高学生们的喜爱与推崇。与此同时，他延续着从初中时代开始的“半工半读”的学习方式，任教期间依旧坚持做研究。1936年，周廷儒完成了他的早期区域地理著作《扬子江下游地景及其区分》，立论极具特色，是中学教师从事专业学术研究的楷模。

《扬子江下游地景及其区分》的发表充分展现了周廷儒在地理学科研究领域的才华，也注定了他不会只是一名中学地理教师。1937年抗战全面爆发，周廷儒到了大后方，在西南联大史地系讲授“普通自然地理学”课程。“所谓大学者，非谓有大楼之谓也，有大师之谓也。”周廷儒的大师之路也就此开始。

用脚步丈量中国大地

1954年，正在湘西剿匪的解放军在山中发现三个“怪人”。他们肤色黝黑，胡子很长，衣衫褴褛，手持罗盘东查西看，行为诡异。解放军战士认为他们不是土匪就是特务，于是马上把他们抓了起来。

一盘问，三人居然是被称为中国地理学界“三剑客”的周廷儒、陈述彭、施雅风。当时，他们接到任务，要绘制《中国地形区划草案》。为此，“三剑客”已经在野外徒步三四个月，风餐露宿，跋山涉水，与野人无异，所以才会被解放军误认为土匪。

此时的周廷儒已在美国获得硕士学位，并闯过重重难关，在1950年初回到祖国。他投身于新中国的建设事业。

“要把书本知识学活，到大自然中去认识世界、改造世界。”周廷儒带着这样的坚持，行走在地理研究的路上。《嘉陵江曲流分布图》《甘肃、青海地理考察纪要》《东北地貌》《华北地貌》《新疆地貌》《中国东部第四纪冰川作用的探讨》……这一系列的著作和论文都是他踏遍祖国土地的见证。20世纪80年代，年逾古稀的周廷儒依旧坚持亲自登上庐山、黄山进行实地考察。

周廷儒（左二）在野外工作

他还将实践的精神贯穿于地理学科人才的培养之中。周廷儒在教学中同样特别重视对学生野外工作能力的训练。20世纪50年代初，周廷儒回国担任北京师范大学教授，并兼任中国科学院地理研究所研究员、清华大学地理系教授。这位刚回国不久的海归教授卷起裤腿就带着学生们扎进胶东、辽东的广袤土地中，作地貌、区域地理实习，学习如何通过野外实践搜集原始素材。地理学科的野外考察地点大多偏僻，当时国内基础设施条件不好，交通、住宿、伙食都很困难。师生们一律自带行李、干粮，经常夜宿破庙、农舍，而他却不以为苦。

实践出真知，这是周廷儒的治学准则。被误认为土匪的周廷儒、陈述彭、施雅风三人撰写的《中国地形区划草案》中首次提出了中国地形三大区划分的思想。“三大阶梯说”或许是每个学习中国地理的人记得最牢的知识了。但“三大阶梯”这短短四个字，大多是靠周廷儒等人用双脚丈量出来的。另外，周廷儒还撰写了《中国自然区划草案》等多部著作，成果丰硕。

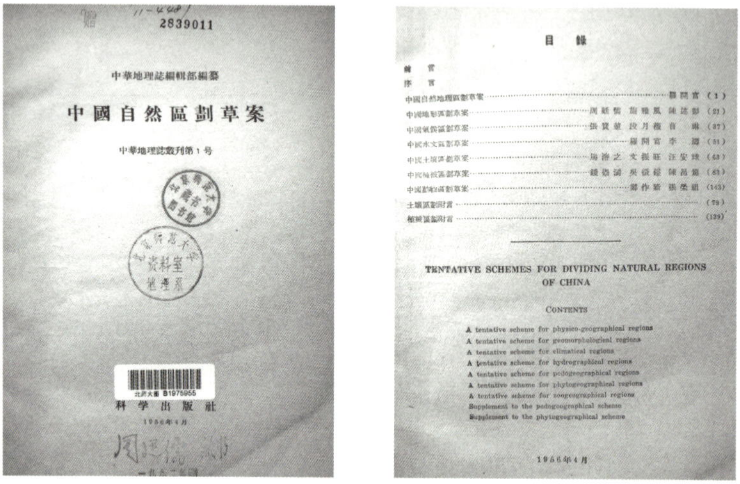
中華地理誌編輯部編纂

中國自然區劃草案

中華地理誌叢刊第1号

科学出版社

1956年4月

目錄

緒言		
序言		
中國自然地理區劃草案	羅開富	(1)
中國地形區劃草案	周廷儒 施雅風 陳述彭	(21)
中國氣候區劃草案	張寶堃 段月薇 曹琳	(37)
中國水文區劃草案	羅開富 李涛	(51)
中國土壤區劃草案	馬溶之 文振旺 汪安球	(63)
中國植被區劃草案	錢崇澍 吳征鎰 陳昌篤	(83)
中國動物區劃草案	鄭作新 張榮祖	(143)
土壤區劃附言		(79)
植被區劃附言		(129)

TENTATIVE SCHEMES FOR DIVIDING NATURAL REGIONS OF CHINA

CONTENTS

A tentative scheme for physico-geographical regions
A tentative scheme for geomorphological regions
A tentative scheme for climatical regions
A tentative scheme for hydrographical regions
A tentative scheme for pedogeographical regions
A tentative scheme for phytogeographical regions
A tentative scheme for zoogeographical regions
Supplement to the pedogeographical scheme
Supplement to the phytogeographical scheme

1956年4月

《中国自然区划草案》书影

周廷儒院士（中）与钟敬文教授（左）、汪堃仁院士（右）研讨北京师范大学学科建设问题

精神闪耀

一行胜千言，实干论胜负。周廷儒是个实干派，他用他的一生践行着对祖国的热爱。

1950年，周恩来总理号召科研工作者回国建设新中国。周廷儒先生听闻这个消息后，毅然放弃攻读博士学位的机会和在美国的优厚条件，不顾种种利诱和阻挠，决心回国。他是当时最早回国并参与祖国建设的科学家之一。

周廷儒在1958年提出了入党申请，成为一名光荣的共产党员是他不断努力的目标。他有着很高的政治素养，始终坚持自己申请入党时的理想信念，坚持以科学研究回报国家，在极为艰难的环境中，依旧完成了《中国自然地理：古地理》的初稿。

1979年1月18日，70岁高龄的周廷儒先生再次向党组织递交了入党申请书。不久，他的夙愿实现了。他说："作为一名共产党员，要在自己的岗位上，为祖国为人民为社会主义作出更大的努力。"

全身心投入祖国建设的同时，周廷儒也时刻挂念着他的故乡——浙江省新登镇官塘村。他记得幼时生活虽然艰苦，但其兄让他坚持读书，以传承"书香之家"的家风。1980年，周廷儒当选中国科学院地学部学部委员（院士），和他同年当选的还有他的同宗兄弟生化药理学家周廷冲。一门双院士，兄弟两人确实继承了"书香之家"的家风，更让官塘村周氏家族美名远扬。

院士小传

周廷儒（1909—1989），浙江新登（今杭州富阳区新登镇）人。地理学家、教育家，我国地理学界古地理研究的奠基人、开拓者，中国科学院学部委员（院士）。

1933年，周廷儒毕业于中山大学地理系，先后在浙江省立杭州高级中学、西南联合大学、复旦大学任教，后担任北京师范大学教授、地理系主任，并兼任中国科学院地理研究所研究员、清华大学地理系教授。1980年，当选为中国科学院学部委员（院士）。

周廷儒主要从事地貌、古地理、中国自然地理等研究。他开创了一条研究中国新生代古地理的道路，首次提出中国地形三大区划分的思想，运用景观分带学说和专门方法来研究中国新生代时期自然地带分异规律，重建第三纪和第四纪自然地带和自然区，为研究和发展中国新生代古地理奠定了基础。

执笔：苏若璇

杭高贡院校区天文台

周明镇

古代生物学泰斗

更多的工作应靠年轻人去做。他们思想开放，更容易找到先进技术和方法，比我们老的强。我愿意为他们抬轿子。

周明镇的一生，既是硕果累累的一生，也是鲜活有趣的一生。“潇洒”是人们在评价周明镇时最常提到的一个词。这份潇洒中，既有成长于书香世家的文化底蕴，更彰显了他不拘泥于流俗的处世态度和风度气派。

“别人家的孩子”

周明镇出生于江苏南汇（今属上海）的一个知识分子家庭。父亲周翰澜毕业于北京大学数学系，曾在山东省立师范专科学校（今山东师范大学）、上海交通大学等多所高校任教，母亲张瑾如也是知书达理的新时代女性，周明镇自幼就受到了良好的现代科学文化的熏陶。

然而小时候的周明镇并不是一个听话懂事的“别人家的孩子”。他好奇心重，对身边的一切都充满着探索和发现的欲望，从天空中的云彩到脚下的泥土，从生活琐事到科学奥秘，他都想一探究竟，而对那些相对枯燥的书本知识，年幼的周明镇有些提不起兴趣。父亲看在眼里，愁在心里，他担心“游手好闲”的儿子会就此沉沦堕落，父子间的关系越来越紧张，从最初的好言相劝，到后来“父子大战”一触即发。在一次激烈的争吵之后，父亲气得差点要和周明镇断绝父子关系。为了不辜负父母的期待，周明镇决定痛改前非，他迅速调整好了自己的状态，开始努力奋进。过人的天资加上勤恳踏实的学习态度，

青年时期的周明镇

使得周明镇迅速在同龄人中脱颖而出。在那个时局动荡的年代，周明镇先后就读于浦东中学、浙江省立杭州高级中学（今浙江省杭州高级中学）等名校，在自然科学学科中展现出过人的天赋。

1939 年，21 岁的周明镇考入重庆大学地质系。大学时期的周明镇是学校的风云人物，他长相英俊，身材挺拔，发型清爽，戴着一副黑框眼镜，在人群中格外醒目。他才思敏捷，专业成绩优异，受到了李四光、杨钟健等知名地质学家的赏识，他还特别擅长写诗歌、散文，给同学们留下了极其深刻的印象。大学期间，他还和从高中就相识相恋的柴梅尘女士步入了婚姻的殿堂。

投身古脊椎动物研究

1947 年，周明镇启程赴美留学，并且阴差阳错地确定了终其一生的研究方向——古脊椎动物学。在美国迈阿密大学读地质系研究生时，老师要求他补修生物学、人类发展史等相关知识。这些知识是我们认识地球、了解自身的起源和发展过程的必备知识，具有很强的哲学性和思辨性，能帮助地质学研究者开拓思路，扩大视野。周明镇通过系统学习，深切地感受到了古脊椎动物学研究的魅力，充分领略了这门学科背后所蕴含的文化、科学价值。因此，他在完成地质学学位课程的同时，选修了有关古脊椎动物学研究的基础课程，正式准备改行——从地质工作者变为研究“从鱼到人”的发展史与进化论的古脊椎动物学者。

1951年，怀揣建设新中国伟大抱负的周明镇毅然决然地回到了祖国的怀抱。此时的新中国百废待兴，一穷二白，古脊椎动物的专门研究机构尚未成立，古脊椎动物学研究仍处于草创阶段，全面落后于西方。周明镇发挥自身的专业素养，将国外先进的研究方法、研究经验引入中国。1953年，周明镇协助恩师杨钟健院士创建了中国科学院古脊椎动物研究室（今中国科学院古脊椎动物与古人类研究所，后简称“古脊椎所”），并一直担任高等脊椎动物研究室主任，全程参与了中国古脊椎动物学独立科研机构的创建过程。周明镇没有沿着西方人的路走，而是放眼全国，寻找那些和人类起源有直接关系的地区和地层，广泛搜集各个时期的哺乳动物化石，打开了我国古脊椎动物化石研究的新局面。

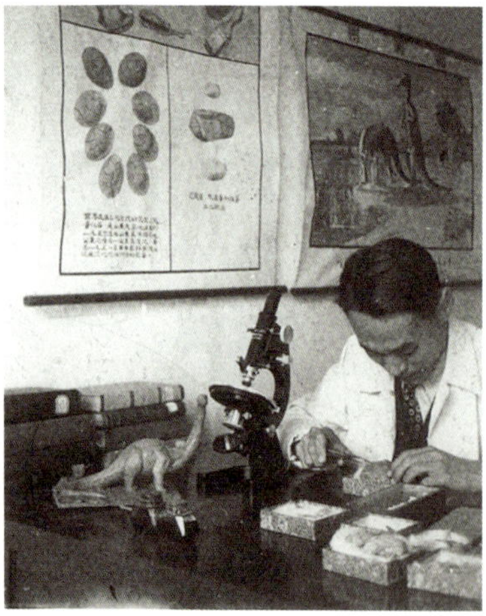
周明镇在研究化石

“潇洒”的魅力

归国后的周明镇在学术圈如鱼得水，很快就打响了知名度。他潇洒出众的气质让人过目不忘。作为晚辈的古脊椎动物学家邱占祥院士曾这样回忆他与38岁的周明镇的初次见面："周院士那时真是生机勃勃，一表人才，还能讲一口流利的英语。他是访问团里最年轻的一位，在人群里显得特别耀眼。"

比外形气质更潇洒耀眼的，是周明镇的学术成绩。周明镇才思敏捷，长期的积累与钻研使他练就了超群的专业素养和学术敏感度。1960年，周明镇及其团队在山东发现了两件珍贵的化石——始祖貘和犀貘的化石，扎实的专业功底让周明镇马上联想到了北美早已发现的并被称为"标准化石"的这两种古生物。周明镇从北美和中国化石之间的联系与差异的角度着手进行分析，不到三天就在国际知名的学术期刊上发表了一篇英语论文，引起了北美学术圈的热烈讨论和强烈反响。能在如此短的时间内写出一篇高质量的学术论文，充分体现了周明镇扎实的专业功底，他跨越千山万水的阻隔，准确地找到化石材料之间的关联，这是长时间经验累积练就的学术敏感度。"兼任协助杨老治所的繁重任务，在35岁至48岁的这13年中，先生仍以每年平均7篇、每两个月不少于1篇的速度发表论文，着实令人惊叹。"邱占祥院士这样描述周明镇。

周明镇潇洒的学术魅力也深深影响着古脊椎所的学生们。周明镇挂心的不仅是学术，更是人才。他发挥自身的外语特长，帮助"英语困难户"打磨论文的英文摘要。他曾主动给学生上了两个多月的法语课，在授课时常常用英语讲解，又穿插讲解化石的各种知识，使学生既学习了法语，巩固了英语，又收获了专业知识。他深谙论文标题的重要性，一个学生把干巴巴的论文初稿交上来，他两天就返回了修订稿，连题目都改成了更吸引人的《“下草湾系”“巨河狸”“淮河过渡区”——订正一个历史的误解》。周明镇笑称自己扮演的是教练的角色，招收和培养了一批十分出色的运动员，弟子们进行了许多场精彩的比赛。他一手抓外语学习，一手抓基础知识，敢于把重担交给学生，把古脊椎所的这些“璞玉”都雕琢出了光彩。他说：“更多的工作应靠年轻人去做。他们思想开放，更容易找到先进技术和方法，比我们老的强。我愿意为他们抬轿子。”

除了外在形象风流倜傥，学术能力一骑绝尘，周明镇的潇洒，也深深地烙印在其平日生活处世的态度上。他像是一个落拓不羁的才子，性情风格和治学态度都与那个年代的绝大多数学者不太相同。

野外考察是古生物学研究的重要基石，周明镇一生曾多次组织领导各类大型考察活动。几十年来，他的足迹遍及祖国的大江南北，他借由一块块古生物化石，勾勒出历史与现实之间的联系。在历次科考中，周明镇洒脱随性、灵活不拘泥、精准严谨的治学风格给人留下了深刻的印象。

与周明镇同期的地质学家“中国黄土之父”刘东生院士在进行野外考察时，每到一处，都会认真地观察，仔细地描绘地质图，并将观察到的现象一笔一画地用蝇头小楷记录下来。与刘东生院士不同，周明镇外出考察时潇洒得多，他常常把背包往旁边一丢，轻装上阵，手里拎着一把小榔头，大步流星地冲在队伍的最前面，每走到一处考察点便会停下脚步，上下定睛打量一番，左看看右看看，就已大致掌握了整个地方的宏观情况。了解完宏观情况后，周明镇又将自己的注意力集中在精细的微观研究上，透过古生物化石的纹理来寻根觅祖、追本溯源。古脊椎动物化石非常稀罕，发现已然不易，研究更是难上加难。周明镇始终坚持先从宏观着眼，再从微观着手的研究方法，他的研究范围几乎涉及古脊椎哺乳动物的所有门类，遍布我国的大部分地区，他的研究成果使我国古脊椎动物可考的历史年份不断提前。

除了学术成就之外，周明镇“潇洒”的生活方式也被人津津乐道。他的生活可以过得非常精致、有腔调，也可以过得特别不拘小节。20世纪50年代，他时常带着研究组里的学生李传夔一起“享受生活”，去王府井品红酒。可每当进行野外考察时，周明镇却一点也不娇气，住帐篷，睡野地，他都乐在其中，养成了一副天然的“野外习性”。在河南卢氏考察古脊椎动物群时，周明镇和李传夔师徒俩常常苦中作乐，每到夜晚，他们就在街上买几个鸡腿，一边享受美食，一边讨论学术问题。20世纪70年代，古脊椎所附近开了一家饭店，周明镇带几个学生去下馆子，看到邻桌剩下一盘几乎没动过的饺子，周明镇二话没说，泰然自若地把饺子端了过来，和学生们一起吃完了那盘饺子。这在当时的知识分子看来，都是不能接受的，别人在背后议论他，他也只是笑笑，心里毫不在意，云淡风轻地说：“别人怎么说都没关系，关键是不能糟蹋了粮食呀！”除此之外，周明镇还是古脊椎所第一个倡导“吃不完打包带走”的人，“打包带走”在那个时代并不流行，周明镇却身体力行，以自己的实际行动践行节约粮食的传统美德。

精神闪耀

荣获罗美尔—辛普森终身成就奖时，周明镇曾这样说："我不敢遗忘孔子诸弟子谈到他们的贤哲老师时所说的话：'子绝四：毋意、毋必、毋固、毋我。'我当然并非贤哲，不过我恪守上述原则。"对待科学结果，不凭空臆测；对待旧学新知，不武断绝对；对待学科创新，不固执拘泥；对待学问修养，不自以为是。周明镇此言，既是对自身的剖析、勉励，也是对各位后辈提出的殷切希望和教导。这是周明镇留给我们的宝贵财富，也是鼓励我们勇往直前的巨大动力。

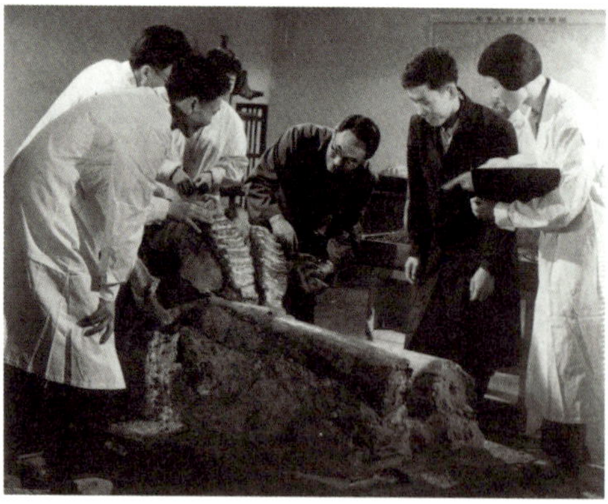

周明镇（右三）与同事一起考察古生物

院士小传

周明镇（1918—1996），江苏南汇人。古脊椎动物学家，“中国恐龙研究之父”，中国科学院学部委员（院士）。

1934年，周明镇毕业于浙江省立杭州高级中学。1939年，考入重庆大学地质系。后在山东大学、中国科学院古脊椎动物与古人类研究所等单位任职。1980年，当选为中国科学院学部委员（院士）。

周明镇是中国古脊椎动物学的开拓者和引路人，中国古哺乳动物学研究体系的缔造者。他领导了华南红层考察工作，发现了数以百计具有亚洲特色的古新世哺乳动物化石，改变了科学界对早期哺乳动物发展历史的认识；建成了在国际上亦颇具规模的古生物学图书馆，将中国的自然科学博物馆事业推向世界。他获得了国际古脊椎动物学界的最高荣誉——北美古脊椎动物学会的罗美尔—辛普森终身成就奖。

执笔：程宇恒

杭高贡院校区内的鲁迅雕塑

胡海昌

担纲中国首颗人造卫星设计的力学家

国家兴亡，匹夫有责。我们这一代人，必须肩负起振兴中华的重任。

当胡海昌迈出山区的那一刻，天空呈现出一种深邃的蓝，仿佛可以吞噬一切阴霾。太阳洒下的光芒柔和地覆盖在大地上，照亮了那条蜿蜒曲折的山路。一阵微风吹过，带来了山间清新的气息和淡淡的花香。他坚信，辽阔与壮丽的中华大地是任何力量都无法摧毁的。

奋力自学“见自己”

然而，在这之前，胡海昌经历了一段反复迁移学习地点的日子。

那一天，天空中日军轰炸机的身影逐渐清晰，它们投下的黑色阴影，像是巨大的魔爪，无情地笼罩在学校的操场上空，让学生们感受到前所未有的恐惧与无助。年少的胡海昌紧握着书本，紧随人群躲避轰炸。

学校的建筑在炸弹的爆炸声中纷纷倒塌，尘土飞扬，烟雾弥漫。火光映照着学生们惊恐的脸庞，他们的喊叫声淹没在轰炸声中。面对这一残酷的景象，胡海昌心中涌动着难以言喻的悲痛。迫于形势，老师带领学生踏上了去浙南山区学习的征途。

胡海昌出生的那个年代，正逢国家内忧外患、风雨飘摇之际。据他回忆，自己小学、中学都没有在一个学校读完过。一开始是因为父亲工作的省政府办公地点不断迁移，胡海昌也不得不跟随父亲换学校。后来，日军的轰炸使得他们不得不远离家园，迁至浙南山区。这样的状况一直从小学四年级持续到高中二年级。

尽管身处风雨飘摇的时代，胡海昌始终没有停止寻觅知识绿洲的脚步。恶劣的环境，不仅磨炼了胡海昌坚忍的意志，还培养了他的自学能力。他就如同荒漠中的胡杨，顽强地扎根于知识的土壤，抵御风沙，奋力生长。

强烈的求知欲与报国之志驱使他下定决心，为祖国的繁荣昌盛贡献自己的力量。他决定自学，确定重点阅读书目后，制订了一个庞大的自学计划。为了有效执行自学计划，胡海昌充分利用在校的所有时间，就算是下课，他也伏在桌子上聚精会神地阅读。正如毛泽东对沉浸于阅读状态的描述："我忘记了疲劳，忘记了饥饿和寒冷，贪婪地读，猛烈地读。正像牛闯进了人家的菜园子，初次尝到吃菜的味道，就拼命地吃个不停一样。"胡海昌亦是如此。

初中一年级时，他就开始自学高中课程，甚至尝试解读一些大学教材。白天来不及在学校学的，他就带回家学。他尝试着自己给自己布置作业，然后认真批改，从不让老师操心。

高中时期，胡海昌已开始自学大学的力学课程。有一次，他的同学惊讶地发现，他的课桌里除了高中课本之外，还有大学的力学教材。当被问及此事时，他缓缓地说："国家兴亡，匹夫有责。我们这一代人，必须肩负起振兴中华的重任。"他的声音虽然低沉，但充满了坚定与决心。同学们被胡海昌的毅力和精神所感染，大家都对他佩服不已。

后来，当胡海昌随学校师生一起走出浙南山区的时候，他读书的目的已和祖国、民族的命运紧密相连。辽阔与壮丽的中华大地是任何力量都无法摧毁的，而对于个体而言，任何苦难都无法打败意志坚定的人。胡海昌于山林间自学，于自学中找到学习力学的兴趣，他立志要在力学领域深耕，为中华之崛起贡献力量。

潜心研究“见天地”

《中国大百科全书·力学》说：“人类的历史有多久，力学的历史就有多久，力是人类对自然的省悟。”在人类发展和社会进步的进程中，力学无处不在。大到宇宙，小到细胞，随处都能见到力学的影子。

胡海昌不仅在自学中“见自己”，挖掘出自己的兴趣所在。他更在潜心研究中“见天地”，发现了宇宙中力学的奥秘和规律。

1946年，胡海昌从浙江省立杭州高级中学毕业，以优异的成绩考入浙江大学土木工程系。1950年，胡海昌毕业后，经钱令希教授推荐，加入中国科学院数学研究所力学研究室。1956年，中国科学院力学研究所成立，胡海昌负责固体力学研究室的学术研究组织工作。

力学是他所擅长的方向，他也一直在这个领域深耕。1965年，胡海昌被委以重任，参与中国科学院人造卫星设计院的组建，担任总体组组长，肩负起我国首颗人造卫星的总体设计重任。

1965年10月，由胡海昌主持，总体组起草了《东方红一号卫星总体方案论证报告》，该报告在全国范围内举行的东方红一号卫星方案论证会上获得通过，并最终得到了中央的批准。

事实上，力学研究与卫星总体设计虽有共通的部分，亦存在差异。胡海昌站在新领域的门槛前，难免会有一丝焦虑。作为一名力学研究者，他对于卫星设计的领域有许多不解之处，总体组该如何抓工作，则是摆在他面前的第一个难题。但是，他告诉自己要坚持下去，要持之以恒地提升自己的学习能力和创新潜力。

胡海昌深吸一口气，环顾四周的工作环境。实验室里铺洒着微弱的灯光，电脑屏幕上跳跃着复杂的图表和数据，桌上堆满了参考书籍和设计图纸，墙壁上贴满了卫星的结构示意图和计算公式。他翻阅着研究室的资料，认真研读。每一个生涩的概念，他都努力理解和消化，反复地推敲和思考。他想做的是，将自己的力学知识与卫星设计更好地结合。

渐渐地，胡海昌的思路明晰了起来，他开始将自己的创新思维运用到卫星设计中。同时，他惊人的计算能力在团队研发过程中发挥了关键作用。

有一次，科研人员正全力以赴地研发东方红一号卫星的创新功能——“听得见”。他们努力地探索着如何在卫星上实现接收地面声音的功能，以完成更广泛的信息收集和传输。然而，在这个艰巨的任务面前，他们遇到了一个看似无法逾越的难题。卫星的天线结构设计中，有4根3米长的拉杆天线，但在展开时，这些天线经常从根部折断飞出，导致卫星无法正常运行。这个问题困扰着科研人员，他们尝试了各种方法，却依然束手无策。

为了解决这个棘手的问题，胡海昌连夜突击，他运用深厚的力学计算知识，从方案上解决了卫星天线结构设计中的力学难题。经过多次模拟验证，改造后的设计方案取得了圆满成功。这个故事至今仍在航天界广为流传，成为人们津津乐道的佳话。

1983年，胡海昌留影

1970年，我国第一颗人造卫星东方红一号在酒泉卫星发射中心成功发射，然而，对胡海昌来说，这并不是终点，而是一个新的起点。他持续运用自己的力学知识，为祖国的航天事业贡献力量。之后，他主持了东方红二号卫星早期的总体和结构设计工作，同时担任中国航空工业总公司科技委员会顾问兼委员、中国空间技术研究院技术顾问、中国空间技术研究院总体设计部科技委员会名誉主任等职务。

东方红一号卫星纪念邮票

胡海昌凭借着扎实的理论基础和力学专长，倾注了大量心血和精力在我国复杂航天器动力学研究之中。在这个过程中，他深深感悟到了力学的魅力，领略到了航天科技的乐趣。他在科研的征程中，亲身“见天地”。

朴素教学“见众生”

胡海昌不仅投身于科研领域，而且对教育和培养后辈充满热忱。他曾担任北京大学力学系（即力学与工程科学系）和浙江大学力学系（即工程力学系）的教授，与北京大学力学系的关系尤为密切。

1952年，北京大学力学专业刚刚成立，当时只有五位教员。实际上，其中三位是教员，另外两位是即将毕业的研究生。《人民日报》曾报道过河北一位劳模仅凭“三条驴腿”（形容创办资金少，仅够买四分之三头驴）创办合作社的故事，而教员后来自嘲为“三条驴腿”创办了力学专业。当时教师队伍的力量明显不足，胡海昌应周培源先生的邀请，给第一届力学专业的学生讲授弹性力学课。

胡先生为人朴素，他常常穿着一身干净、半旧的涤卡中山装，骑着一辆半旧的自行车，从中关村缓缓而来。阳光透过树叶间的缝隙洒在他身上，映衬出他那沉静而专注的面容。

当门轴发出“吱吱呀呀”的声音时，学生们便知道是胡先生来了，他像时钟一样准时进入教室，学生们在座位上期待着他的到来。他径直走向讲台，戴上两只袖套，随即开始讲课。

胡先生为人朴素，其课是“朴素中见绮丽”。他首先详细讲解每个问题的提出与立意，对于复杂的数学推导，大多只讲解关键步骤和注意事项，而不过多深入推导，对最后所得结论，他却交代得既详细又有条理。事实上，力学中涉及的各种能量原理和定理非常繁杂，内容也相当复杂。据他的学生们回忆，胡先生在讲解完这些原理和定理后，会给出清晰而简练的总结。这些经过他归纳梳理和总结提炼的结论，需要非常仔细地听，认真地记，因为它们是课程的精髓所在，是无法在任何教科书或参考书籍中找到的宝贵知识。

如果可以以画喻课的话，那么胡先生的课与张大千的画有异曲同工之妙。就像张大千大笔一挥就绘成了一幅大气磅礴的荷花图，胡先生也能以简洁而丰富的方式将复杂的知识点传递给学生。

几十年来，胡海昌培养出很多优秀人才，他的许多学生都已成为科研和教学骨干。在教学中，他热情洋溢地鼓励学生走自己独特的成才之路，尤其注重培养学生的独立学习和工作能力。他倡导勤奋学习，却反对盲目拼时间。他常常用智慧的语言引导学生："脑力劳动者最可珍惜的是一个清醒的头脑，我们要满负荷，可别超负荷。"

电影《一代宗师》中有一句经典台词："人的一生是见天地、见众生、见自己的过程。"于胡海昌而言，自学之路正是"见自己"的旅程，他在这段旅程中找到了兴趣与目标；"见天地"则是与他人合作，在弹性力学等领域进行研究，更在国际力学界产生巨大的影响；而教育则是"见众生"，在理解了自己、感悟了人生之后，他将自己的所得所想传授给一代代学子。胡海昌这一场"见自己、见天地、见众生"的人生马拉松长跑给我们后人以美好、温暖以及力量！

精神闪耀

胡海昌从浙江走出去，又常常回到浙江来讲学。浙江是他的故乡，是他的眷恋之地。他希望将自己的所学所思与浙江学子分享，让他们茁壮成长。

1983年，胡海昌应邀来到浙江大学给学生讲课。在讲课中，他提到了未来的设计工作将不再需要手工画图纸，而可以通过计算机来完成。他预言说，设计人员可以在自己的桌子上利用计算机进行产品设计，并随时使用有限元分析工具来验证设计在强度等方面的合理性。当时，这样的观点对许多学生来说似乎是不可思议的。然而，现在的科技却证明了胡海昌的先见之明。CAD（Computer Aided Design）和CAE（Computer Aided Engineering）已经成为设计人员必备的工具。后来，曾听过胡海昌讲课的学生们纷纷表示："先生确有先见之明，他让我们看到了未来的样子。"

胡海昌在紫竹院

据杭高1957届校友鲁世杰回忆，1956年，我国绘制了《十二年科技规划》的宏伟蓝图，吹响了"向科学进军"的号角，这在当时犹如灯塔照耀，指引着许多人投身于理工科的怀抱。那年，青年科学家胡海昌返回母校杭高，作了一场激励人心的报告，崔校长更是勉励大家以胡先生为榜样，“先立业，后成家”，如此人生方算完美。

还有一次，学生到城站（杭州火车站）去接胡海昌时，遇到了说着杭州话来拉客的人，学生就回了句杭州话表示不要，没想到胡先生也冒出了一句差不多的杭州话。乡音，就是不管我们离家多远都不会改变的东西，它自有一番独特韵味。胡海昌的乡音，让他与杭州之间始终有着一条纽带，无论他身在何方，浙江人的身份不会变，“回去看看吧”的想法不会变，对故乡的深情厚谊不会变。

浙江，历史悠久，底蕴深厚。在这片土地上，涌现出一代代令人钦佩的伟大人物。勾践卧薪尝胆、发愤图强，王阳明追求格物致知、知行合一，黄宗羲等人致力于经世致用、以民为本……他们的精神在这片土地上生根发芽，为浙江注入了活力与智慧。胡海昌生于这片土地，同样求真务实、脚踏实地、敢为人先、勇于拼搏，在力学领域深耕，于课堂中育人。作为浙江精神的传承者，当代学子也应如那曲折回环却一直向前的钱塘江一般，奔腾不息！

院士小传

胡海昌（1928—2011），浙江杭州人。弹性力学家，中国空间技术研究院研究员，中国科学院学部委员（院士）。

1946年，胡海昌从浙江省立杭州高级中学考入浙江大学。之后，历任中国科学院力学研究所助理研究员、副研究员、固体力学研究室主任。1965年，调入中国科学院651设计院。1968年，任职于国防科工委五院501部。

胡海昌主要从事弹性力学（包括平衡、稳定和振动）的研究工作，亦稍涉及塑性力学与流体力学。后创立了弹性力学中以位移、应变和应力三类15个函数为自变函数的广义变分原理，并首次指导同事和学生把这类原理运用于求近似解。该原理因在有限元法和其他近似解法中的重要应用，被美、英等多国学术文献、专著、教科书广泛介绍和引用，并被称为“胡—鹫津原理”。

执笔：黄敏华

杭高贡院校区内的“浙潮第一声”雕塑

姜立夫

中国现代数学的播种者

路是人走出来的，但最早开路的人总要付出更多的代价。

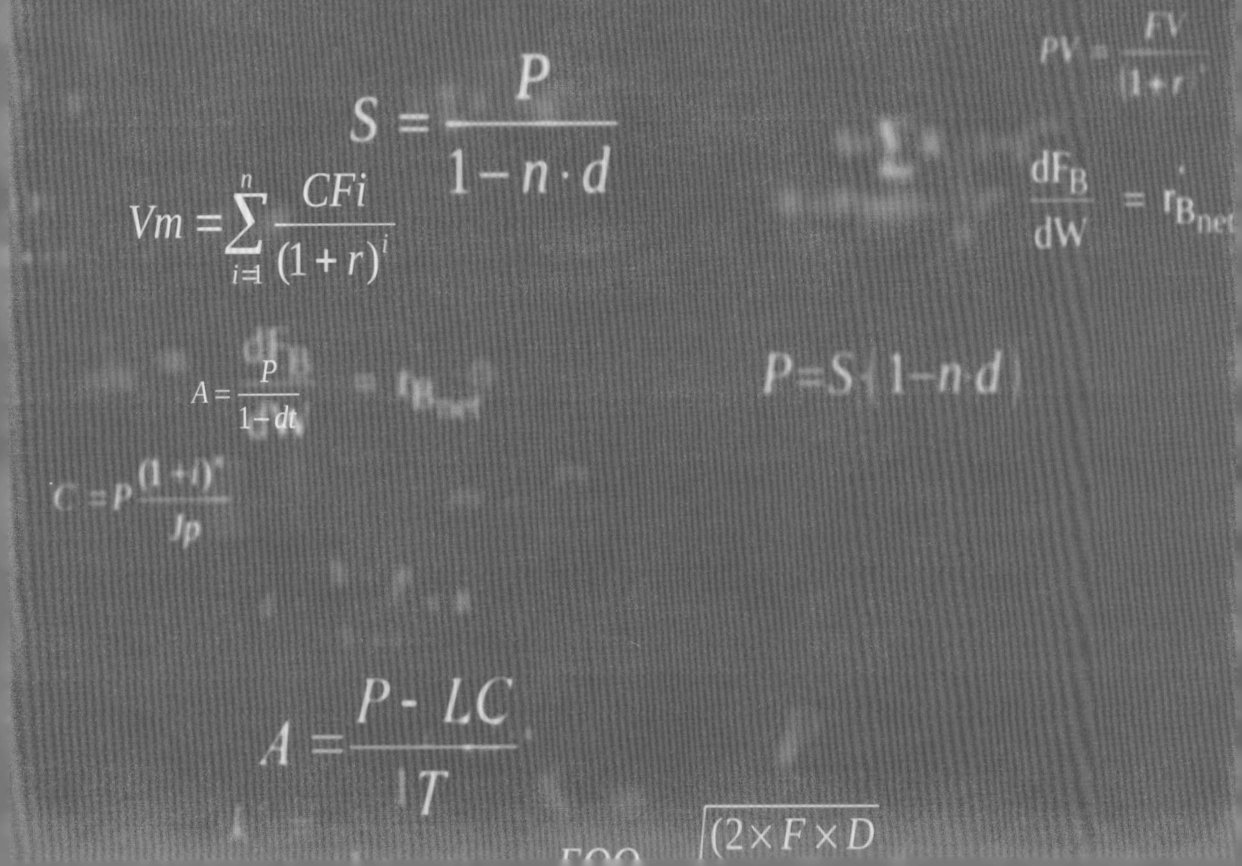

20世纪二三十年代的南开大学，正值草创之际，在校长张伯苓先生的带领下呈现欣欣向荣之势。走入数学系的课堂，你就会看到这样一位风格独特的教授：他从不写教案，也不带课本，随身资料不过一张日历纸，上面寥寥数笔写着提纲。而他的课堂兼具数学的谨严和名士的风采，讲到有趣处，他常会左脚往右脚边上一靠，喊出一句“All right”，神采飞扬，自得其乐。听课的学生也哈哈大笑，自然就热情高涨、精神集中。这位教授就是当时以一己之力撑起南开大学数学系的姜立夫先生。

“温州出了个洋状元”

1890年，姜立夫出生在浙江平阳的一个农村知识分子家庭。他的祖父姜植熊是晚清的优贡生，在当地颇有声名；父亲姜炳訚是国学生。姜家可谓书香门第，幼年的姜立夫曾入祖父创办的私塾学习，并打下了坚实的国学基础。但姜立夫的童年连遭不幸，6岁丧父，10岁丧母，好在兄长已成家，抚养他成人。他的长兄姜少玉曾就读于浙江优级师范，有国学根底，也关注新学，对这个年幼的弟弟甚是关爱，真可谓“长兄如父”。

温州虽处浙南，但历朝历代文化绵延不绝，清末更是开新学风气之先。在孙诒让等名家硕儒的推动下，温州各县纷纷开办新式学堂，传播西学，教育上可谓走在浙江前列。而在平阳一县，尤以黄庆澄出力最多。黄庆澄曾受学于孙诒让，中过举人，既有深厚的国学功底，又深谙新学，曾创办过《算学报》这一专业的数学报刊，俞樾评价他“擘精算学，于中西之法皆能贯而通之”。在他的推动下，平阳县学堂设置算术、英语等新科目，使当地教育焕然一新。而他正是姜立夫的姨父，可以说，姜立夫心中从事数学研究的理想萌芽，离不开黄庆澄的言传身教。

姜立夫自小聪颖过人，14岁入平阳县中学堂读书。17岁时，其兄姜少玉便把他送入杭州府中学堂（今浙江省杭州高级中学）接受进一步的教育。杭州府中学堂本是时任杭州知府林启在1899年开办的养正书塾，虽以“书塾”为名，却是个标准的新式学堂，是全国最早推行新式教育的中等学校之一。在晚清新式教育兴起的大背景下，1901年养正书塾更名为杭州府中学堂，开设经学、史学、政治、舆地（地理）、算学（数学）、格致（物理）、化学、图绘、外国文（英语、德语等）、体操等科目，已经十分接近今天的中学课程。在这片新天地中，姜立夫可谓如鱼得水，也逐渐立下了投身数学研究的终身志向。

1901年，李鸿章被迫与各国签订丧权辱国的《辛丑条约》，这是一项不平等的条约，条约规定向美、英、法等十四国赔偿白银四亿五千万两，被称为“庚子赔款”，这也催生了中国最早的公费留学生——“庚款”留学生。其中庚款留美学生从1909年到1911年共选拔三批，合计180名，当中名家辈出，后来许多人成了各自学科的开拓者与佼佼者，如梅贻琦、胡适、赵元任、竺可桢、金岳霖等。姜立夫考取了第二批留学生资格。

第二批留学生资格考试仅有两项——国文和英文，国文试题是“不以规矩，无以成方圆”，英文试题则是“借外债兴建国内铁路之利弊说”。题目虽少，难度却不小，参加的又都是青年俊彦，竞争激烈。凭借着在杭州府中学堂的国学与新学通贯的教育经历，姜立夫脱颖而出。

姜立夫“上榜”的喜讯传回家乡，当地一片欢腾，乡亲纷纷喜笑颜开：“温州出过好几位文状元，这次又多了个洋状元！”

“把西洋数学搬回来”

苏步青曾这样评价姜立夫：“他对中国现代数学事业，功劳重大，影响至深，没有他，中国数学面貌将会是另一个样子。”

姜立夫与夫人胡芷华

从早年留学开始，姜立夫就立志要“把西洋数学搬回来”，一生致力于现代数学的研究与教育，“中国现代数学之父”的称号是对他最好的颂扬和最真实的写照。

1911年，年仅21岁的姜立夫进入美国加州大学伯克利分校数学系学习，四年后获理学学士学位，又赴哈佛大学数学系深造。巧的是，同时在哈佛攻读数学博士学位的还有胡明复先生，他也同是第二批留学生，他们志趣相投，更是惺惺相惜。胡明复的妹妹胡芷华后来嫁与姜立夫，成就了一段“数学之家”联姻的佳话。1919年，姜立夫完成了博士论文《非欧几里得空间直线球面变换法》，论文运用代数和微积分的方法来讨论射影空间的直线和非欧空间的球面之间的一一对应关系。他也成为继胡明复之后我国第二位数学博士。

回国后，应南开大学校长张伯苓的邀请，姜立夫来到南开大学，担起了重任：为这所新兴的高等学府创建崭新的算学系（即后来的数学系）——这也是继北大数学系之后全国第二个数学系。在最初的四年里，姜立夫一人便是一系，既要讲授微积分、高等代数、立体几何、投影几何等数学各领域的七八门课程，还要处理院系的行政工作，他不免要表示“我感到很吃力”了。但饶是条件如此艰苦，姜立夫对教学工作从未懈怠过。他长于启发式教学，课堂上逻辑严谨，条理清晰，循循善诱，引导学生深入思考；同时重视基本功的训练，每堂课后必定布置习题作业，并要求学生统一用方格纸答题，以养成规范严谨的良好学风。

倾囊相授，全力以赴。正因如此，“一人一系”的南开大学数学系在20世纪二三十年代培养了大量优秀的数学人才，如陈省身（“整体微分几何之父”）、吴大任（著名数学家）、江泽涵（中国代数拓扑学的开拓者）、申又枨（新中国微分方程学科的先驱）等。

抗战爆发后，因形势愈发严峻，北京大学、清华大学、南开大学南迁至昆明，组成西南联大。昆明作为抗战的大后方，虽也常遭日军飞机空袭，但已算一片难得的学术净土。当时的西南联大，人才济济，大师云集，算学系的名师教授就有江泽涵、申又枨、姜立夫、陈省身、华罗庚、刘晋年等十多人。

自清末民初以来，中国数学逐渐融入现代数学界，出现了数学词汇译名繁多而混乱的情况，并成为现代数学传播和发展的巨大阻碍。于是自1918年起，姜立夫与胡明复便开始共同领导制订一套标准的数学词汇的工作。在胡明复意外早逝后，姜立夫身为主编，责任更为重大。历经十几年的艰苦努力，他终于在1938年出版了《算学名词汇编》一书。这是中国第一部现代数学词典，内容既包括普通名词，又包含数学绝大部分领域（如代数、微积分、函数论、几何学等领域）的专业术语，“以‘意义准确’‘避歧义’与‘有系统’为原则；以旧译名与日名（指日本数学名词）为根据。凡旧译名与日名之能合上之原则者，择一用之；其不合者，酌改或重拟”（引自《算学名词汇编》1938年版），这奠定了

20世纪70年代，杨振宁赴中山大学看望姜立夫（左）

中国现代数学研究的重要基础。在此后的20多年里，姜立夫也始终参与数学名词的多次修改工作，不避艰辛，惠泽学界。

在姜立夫等几代数学家的努力下，到20世纪三四十年代，中国现代数学研究的队伍初步建立，在许多研究领域也做出了一定成绩，获得了世界瞩目。于是在1940年，中央研究院拟新增数学研究所，并聘请姜立夫为筹备处主任——这无疑又是一项对中国的现代数学来说极其关键的“创业”工作。战火仍炽，国力衰竭，给研究所的筹备带来了巨大困难，姜立夫亲力亲为，在研究人员的聘请、机构的设立、经费的筹措、图书资料的采购上都付出了巨大心力，务实稳妥地推进各项工作。1947年7月，中央研究院数学研究所在上海正式成立，到1948年共延聘苏步青、陈建功、江泽涵、陈省身、华罗庚、姜立夫、许宝騄、李华宗、段学复、周炜良、胡世桢、王宪钟等多名研究员，在国内外各主要数学刊物上发表了近200篇学术论文，成为国际上不可忽视的一股学术力量。

姜立夫（第五排右一）参加中央研究院第一次院士会议

在1948年中央研究院的首届院士推选中，姜立夫荣膺其中，是当时评选出的五位数学院士之一（其余四人分别是苏步青、许宝騄、华罗庚、陈省身）。

广州解放后，姜立夫任岭南大学数学系教授。1952年院系调整后，他调到新筹建的中山大学，再一次投身于数学学科的建设。自此以后，姜立夫扎根广州，为把中山大学建成中国南方的数学研究重镇付出了艰苦卓绝的努力。

姜立夫先生曾说：“路是人走出来的，但最早开路的人总要付出更多的代价。”他毕生致力于铺建中国现代数学研究的基石、培育数学研究的人才梯队，自身的数学研究难免有所耽搁。他的著作虽不多，但在多个数学领域都颇有建树。从20世纪40年代起，他专注圆素几何和球素几何研究，50年代后进一步发展出圆素几何与球素几何的矩阵理论。1954年，在中山大学举办的科学研讨会上，姜立夫发表了题为《关于圆素几何的新面貌》的专题演讲。他创新性地运用二阶对称矩阵来表述平面内的拉盖尔圆，并通过二阶埃尔米特矩阵来体现三维空间中的拉盖尔球。此外，他还引入对应的2×4矩阵，作为描述李圆（即拉盖尔圆和有向直线以及无穷远点圆）和李球（即拉盖尔球和有向平面以及无穷远点球）的齐次坐标系统。这样一来，原本运用于点素平面和点素空间的射影变换群、仿射变换群及欧氏群，自然而然地推广到了圆素平面和球素空间的辛变换群及其相应的子群结构。姜立夫的这一系列工作，不仅赋予了经典的圆素几何和球素几何全新的形态，也为这两个领域开辟了崭新的研究和发展路径。

与江院士成长之路

贡院启航

院士语录

丁舜年

电机工程学家，中国科学院学部委员（院士）

在困难的条件下，唯有知难而进，才有可能取得成功。

不要等自己以为的条件都准备好了再开始，要敢于接受挑战。

中国人要不受外国人的欺压，只能是振兴工业、富国强兵。我立志学好数理化，希望能考上工科大学，将来为国家发展科技、振兴经济贡献自己的力量。

马叙伦

教育家、语言文字学家、社会活动家，中国科学院哲学社会科学部委员

宁为自由而死，不为奴隶而生！

我们只有跟着共产党走，才是在正道上行。

教育是立国的根本事业，一个国家要想在世界上立得住脚，非从教育上立基础不可。

王伏雄

植物学家，中国科学院学部委员（院士）

科学研究没有一条平坦的成功之路，只有坚持长期努力，不断向前，参与克服一个又一个的难关，才能取得最后的胜利。

在历史的长河中，每个人只能贡献他的一部分。任何人的成就，实际上都包括别人的劳动在内。

毛江森

病毒学家，中国科学院学部委员（院士）

道德的激情能使人无所畏惧，但是科学的方法是解决问题的钥匙。

我是一个出生于小山村的农家孩子，经历并不平坦，吃了不少苦头。但是，一生都想为百姓减轻一点病痛，并将永志不改。

疾病是人类面临的共同挑战，特别是传染病，无国界，交流有益，但要解决问题，还要靠我们自己的努力。

朱洪元

理论物理学家，中国科学院学部委员（院士）

科学问题，懂就是懂，不懂就是不懂。

在送出去发表之前你可以修改，但发表了就是白纸黑字，改都改不了，等发表以后人家发现了你的错误，你的信誉就完了，以后你再发表的文章，人家也不相信你的结果，这就晚了。

杜庆华

固体力学家、教育学家，中国工程院院士

当我们把所有的次要因素都简化之后，“薄板开孔及拉伸”理论就能够非常直观地显现出“应力集中”效应，板子厚了不行，开孔大了也不行，形状复杂了更不行，只有越简单才能越透彻地分析问题和得出规律。人的一生很复杂吧，但其实也是这个道理，人生想要有所作为，就应该选择与自己能力相适应的板子去钻孔，太厚了的话，你这辈子都钻不通，太薄了的话，就只能是时间和能力的浪费；当然一旦选好了厚度和位置，开始了打钻开孔，就一定要坚持下去，绝不能半途而废，兴许只差一点点就要打通了，结果你却拔出钻头又去打下一个孔，结果往往会一事无成！

李正武

核物理学家，中国科学院学部委员（院士）

我一定要回到祖国，那里有我未竟的梦想。

吴自良

物理冶金学家，中国科学院学部委员（院士）

原子弹爆炸成功，举国欢腾，我终于松了一口气，总算完成了链条人光荣的使命。

（甲种分离膜的）所有技术难题都是靠大家，靠有关的专家来解决的，都不是我解决的。我做的事主要是向科研第一线的同志学习，把复杂的技术问题从学科角度加以分解，把问题分解出来以后，提请有关的科研人员和专家来解决。

吴祖垲

真空电子技术专家，中国工程院院士

科技工作要有百折不挠、不怕失败、不畏艰难争取最后胜利的奋斗精神。

讲真话是我的权利，也是我的义务；讲假话是非常可耻的事，是不道德的行为。

如果一个企业只引进而不消化、吸收和创新，势必将长期重复引进，长期依赖国外，非立国之本。

邹元爔

冶金和材料科学家，中国科学院学部委员（院士）

故乡胡骑满，何处寄吟身。万里劳相问，相思此夜新。

现在正是一万年太久，只争朝夕的时候。我愿以有生之年，立志做一名献身四化、献身共产主义伟大理想的战士而奋斗终生。

沈志远

哲学家、经济学家，中国科学院哲学社会科学部委员

一切大众，都有属于自己的哲学。

我们往往强调了不断革命论，却忽略了它的相对稳定性；强调了主观能动性的作用，却忽略了客观可能性和尊重客观规律的必要性……我们谈生产关系的改革比较多，而谈生产力的决定作用则比较少；强调上层建筑比较多，注意经济基础的决定意义则比较少。

张效祥

计算机专家，中国科学院学部委员（院士）

真正好的东西是买不来的。只有我们自己掌握核心高技术，才能保证国家经济、社会的快速安全发展。

我们要在计算机领域发展自己的核心技术，这样才有竞争力，否则永远落后于人家。

陈　达

社会学家、人口学家，中央研究院院士

靠资料立论，用数字说话。

要有所为，就得有所不为。

由于我家里穷，用钱很少。书我不买，借图书馆的看，学校必须交的费用，我家里也供不起，就靠我自己替人抄抄写写，搞点翻译，弄些收入来解决。

你有一分材料，便说一分话；有两分材料，便说两分话；有十分材料，可以只说九分话，但不可说十一分话。

吾人为学之志愿，非为窃取学者虚名而已……将以究国家兴废之理，中外俗尚之判，取人之长，补己之短，以造福于人。

陈建功

数学家、数学教育家，中国科学院学部委员（院士）

我来求学，是为了我的国家和亲人，并非为我自己。

我热爱科学，科学能战胜贫困，真理能战胜邪恶，中华民族一定能昌盛！

函数论是我的专长，我可以通过指导他们搞这一行，把他们尽快带进研究领域，教会他们独立从事科研工作的方法，将来搞国家需要的研究。

陈望道

思想家、社会活动家、教育家和语言学家，中国科学院哲学社会科学部委员

学生要明辨是非，反对权威。先生有不对的地方，学生应该批评，不批评的不是好学生。

我不教学生做绵羊，我教他们做猴子。

唯教育事业是万古长青的。

金玉玕

古生物学家，中国科学院院士

这同时也让我真正醒悟了：只有靠自己努力学习知识，才能改变自己的命运。

简单地说，在石油勘探、找矿等地质调查有困难时，它（古生物研究）都可以帮上忙。

周廷儒

地理学家、教育家，中国科学院学部委员（院士）

要把书本知识学活，到大自然中去认识世界、改造世界。

作为一个共产党员，要在自己的岗位上，为祖国、为人民、为社会主义做出更大的努力。

周明镇

古脊椎动物学家，中国科学院学部委员（院士）

我不敢遗忘孔子诸弟子谈到他们的贤哲老师时所说的话：“子绝四：毋意、毋必、毋固、毋我。”我当然并非贤哲，不过我恪守上述原则。

更多的工作应靠年轻人去做。他们思想开放，更容易找到先进技术和方法，比我们老的强。我愿意为他们抬轿子。

胡海昌

弹性力学家，中国科学院学部委员（院士）

国家兴亡，匹夫有责。我们这一代人，必须肩负起振兴中华的重任。

脑力劳动者最可珍惜的是一个清醒的头脑，我们要满负荷，可别超负荷。

经过几十年的工作，感受最深的是中国人的素质并不差，外国人能做到的事情，我们也一定能够做到；外国人尚未做到的事情，我们在他们之前也可能做到。

姜立夫

数学家、数学教育家，中央研究院院士

路是人走出来的，但最早开路的人总要付出更多的代价。

等有了经过严格训练的学生时，你才可以教拓扑学，切不可在沙滩上筑大厦。

斯行健

古植物学家，中国科学院学部委员（院士）

急于求成不是做学问的态度。青年人一定要坐得住，要能潜心于学，才有学好的希望。

科学要有进展就得创新，后人修正前人也是十分自然的。这是历史的进步，否则科学就停顿了。

程纯枢

气象学家，中国科学院学部委员（院士）

按所中之训令，乃为我之安全着想，而我等仍得为责任，相机而行。此机智相诚令人不得安枕。目前情势，因安全尚未至最后日期，故仪器尚可随人携出（铁路包件已停），但目前近郊未入战区，而我等也不舍得走，但若至舍得走时，交通完全混乱而不可携带物件……

程裕淇

地质学家，中国科学院学部委员（院士）

如果不能亲自上山指导研究生工作，我就不再带研究生了。

要把“十分珍惜、合理利用、有效保护自然资源”作为一项基本国策。

要分析地质现象，讨论地质问题，必须抓住主要矛盾和矛盾的主要方面。

院士语录

之江院士成长之路

贡院启航

精神闪耀

“筚路蓝缕，以启山林。”姜立夫播撒下的无数希望的种子，也在后来开花结果。

陈省身曾这样评价姜立夫：“提携后进，不遗余力，国内知名畴人（数学家），多出其门。”确实，姜立夫在其数学教育生涯中培养了一批又一批卓越的数学家，为新中国的数学研究作出了巨大贡献，而其中浙江籍数学家居多。

“整体微分几何之父”、数学研究的国际最高奖“沃尔夫奖”得主、嘉兴籍数学家陈省身是姜立夫最得意的门生。在南开大学时，姜立夫便关注到了陈省身的数学天分，不仅让他做自己的助教，还大力推荐他报考清华大学研究院、赴德国深造。陈省身在20世纪40年代归国后，常年与姜立夫一起执教，结下了深厚的情谊。姜立夫平和谦逊，不慕名利，总是奖掖后进。当1948年数学研究所的筹建工作基本完成时，他就多次推举陈省身接替他任所长，称赞“代理主任陈省身志趣纯洁，干练有为，与全院新旧同人相处融洽，其学业成就尤为超卓，所发表之论文能以少许胜人多许，所研究之问题极为重要，所得之结果饶有价值……本院数学所所长之选，宜推省身第一”。这份坦荡情怀也深深打动了陈省身，让他一生感念师恩。

温州籍数学家苏步青也曾受过姜立夫的提携。姜立夫非常欣赏苏步青的才华，虽与苏步青素昧平生，但特别向清华大学、厦门大学、北京大学推荐苏步青去任教职，这使得苏步青深受触动。

近百年来，温州涌现出以姜立夫、苏步青、谷超豪等为代表的200多位数学家和数学教授，被誉为“数学家之乡”。正是从开拓者姜立夫开始，他们润泽乡里，传授所学，开枝散叶，弦歌不辍，最终成就如今的满天“繁星”。

姜立夫（右二）与同事合照

院士小传

姜立夫（1890—1978），原名蒋佐，字立夫，浙江平阳人。著名数学家、数学教育家，中央研究院院士。

1907年，姜立夫从平阳府中学堂转入杭州官立府中学堂。1910年，考取赴美留学生资格，后获美国哈佛大学博士学位。1919年学成归国，受聘于南开大学并创办南开大学算学系（即数学系）。抗战期间，他发起成立“新中国数学会”并任会长。1940年，受命筹建中央研究院数学研究所，并于1947年任首任所长。1948年，当选为中央研究院第一届院士。1949年，任教于岭南大学。1952年，院系调整后至中山大学任教，直至1978年在广州逝世。

姜立夫致力于圆素几何与球素几何的研究，并为中国现代数学的奠基和数学人才培养作出了卓越的贡献。

执笔：陈珑

杭高贡院校区内的蒋梦麟校长雕塑

斯行健

“中国古植物学之父”

急于求成不是做学问的态度。青年人一定要坐得住，要能潜心于学，才有学好的希望。

在竺可桢的日记里记载了斯行健这样的一桩故事。当年，获聘成为首批学部委员的斯行健参加了一次业内评奖，其中生物学地学类的科研成果是由中国科学院生物学地学部常务委员进行评选，可是评委中的古生物专家仅有杨钟健先生一人，其余评委对古生物学领域并不是很熟悉，而且斯行健的著作《陕北中生代延长层植物群》刚刚出版不久，在学界产生的反响还不够大，最终斯行健的这项成果仅被评为三等奖。

在评奖结果揭晓前，斯行健已得知自己的研究仅获三等奖，他十分失望，并坚决要求撤回奖项，否则将暂停手头的研究。经过中国科学院领导的耐心劝解，斯行健态度稍缓，但在几天后仍坚决要求从获奖名单中移除自己的名字。他认为此奖并非鼓励，反而是一种打击。最终，中国科学院尊重其意愿，将其从名单中撤下。

斯行健作为一名科研工作者，对自身有着极高的要求，要求评选委员会撤回奖项一事足以反映出斯行健的独特个性，而科学家们身上的这种独特个性和学术自信，也往往是他们能够取得杰出成就的一个极为重要的原因。

值得感慨的是，直到斯行健病逝，他仍未能再获得国家级科学技术类奖项。国家自然科学奖恢复评选后，斯行健的同事和学生将斯行健早先参与的两项研究成果上报参评，最终两次获得国家自然科学奖二等奖。

学府之家，墨香雅舍

1901年3月11日，斯行健出生在浙江省诸暨市东白湖镇斯宅村。斯行健的曾祖父斯华国是清代的一位杰出人物，“华国公别墅”这一国家级文物保护单位，正是以斯华国之名命名的。斯行健的爷爷斯康是清代的举人，曾任湖北、四川等多地知县，热心教育，推动新学。斯康之子斯启佑，字应谟，号耿周，曾留学日本，深受先进教育思想的影响。他与父亲一同致力于办学事业，创办了一所被誉为“人才的摇篮”的斯民学校。

斯行健正是斯启佑之子，他继承了家族的优良传统和深厚的文化底蕴。在家学的熏陶下，斯行健不负众望，成为一名出色的古植物学家和地层学家。他是我国古植物学研究与教学的先驱者，也是中国陆相地层研究的开拓者之一。他的研究成果丰硕，为中国古植物学的发展作出了卓越的贡献，深受同行和学术界的敬重。

斯行健的家族中人才辈出。他的叔祖父斯鹤龄作为清末孝廉，曾在1905年至1915年间担任斯民小学校长，为家乡的教育事业倾注心血。而斯鹤龄的儿子斯何晚作为斯民小学第五届毕业生，后来成为浙江大学物理系教授，并担任过杭州大学物理系主任等职务，为国家的物理教育事业发展作出了重要贡献。斯家的“一门十教授”美誉，正是对这个家族深厚学术底蕴的最好诠释。

纵观斯行健的一生，他不仅继承了家族的优良传统，更在古植物学和地层学领域取得了卓越的成就，为中国的科学事业作出了杰出的贡献。他的故事，不仅是家族的传承与荣耀，更是中国科学发展的一个缩影。

远涉重洋，异国求学

1920年，斯行健从浙江省立第一中学校（今浙江省杭州高级中学）毕业，同年，斯行健顺利考入北京大学理学院，两年后转入地质学系，在李四光和葛利普等教授的影响下，深耕于古生物学领域。

1928年，斯行健收拾行囊踏上了前往德国柏林大学的求学之路。一到柏林大学，斯行健便写信给当时的中央研究院地质研究所所长李四光，向他征求有关专业选择方面的意见。李四光回信告诉他，中国目前的古植物研究基础较为薄弱，相关的地层问题一直难以得到解决，这严重阻碍了地质工作的开展，所以长期以来不得不把化石寄往国外。李四光建议斯行健以中国地质事业的发展为重，选择古植物学研究方向。自此，斯行健便放弃了先前研究的古脊椎动物学，转而师从古植物学家高腾教授进行古植物学方面的学习研究，以期能为祖国的地质事业发展贡献自己的力量。

在德国的学习生活期间，斯行健将全部身心都投入学习研究之中，他广泛利用身边的学习资源，在得知柏林具备查询比对标本的便利条件后，斯行健在两个月的时间里自学有关化石鉴定研究的书籍，并能够按照书中的要求完成化石鉴定工作，斯行健的指导教师高腾教授一度对此赞叹不已。

在柏林读书期间，斯行健撰写的论文《校正欣克所著东亚石炭二叠纪植物》得到了国际同行的认同和赞誉，这也是斯行健第一次在国际舞台上崭露头角。之后，斯行健受到国际植物学会的邀请，前往英国的剑桥大学出席第五届国际植物学大会。会议期间，高腾教授将斯行健引荐给各国植物学研究领域的佼佼者，并说：“这就是中国的斯行健，他就是东方古植物学未来的希望。”

1931年，斯行健撰写的论文《中国里阿斯期植物群》顺利通过柏林大学的学位论文答辩，斯行健成为中国第一位获得博士学位的古植物学家。钻研愈精的斯行健又即刻动身前往瑞典皇家科学院继续深造，潜心研究收藏在瑞典国家自然历史博物馆的中国植物化石标本，同时他还完成了《中国里阿斯期植物群》与《中国中生代植物》两本著作。1933年，斯行健收到了他的老师李四光的来信，信中，李四光希望斯行健能够尽快返回祖国，以其所学来报效祖国。在接到恩师的信后，斯行健毅然放弃了重返柏林深造的计划，即刻动身踏上了回国之路。

探寻实践，创新开拓

在李四光的安排下，斯行健调至中央研究院地质研究所工作。斯行健不仅是一名古植物研究员，还兼任中央大学古植物学教授。而正当斯行健为我国古植物学的教育事业贡献心力之际，抗日战争爆发了。

遵照李四光的安排，斯行健与地质研究所的工作人员及其家属携带标本和仪器等研究资料转移。他们先是迁往江西庐山，后又经湖南迁至广西桂林。让人感到惋惜的是，在艰难的长途跋涉中，斯行健个人多年辛苦搜集的标本资料几近全毁。

抗日战争胜利后，斯行健返回中央研究院地质研究所继续从事古植物学的相关研究工作。1951年，中国科学院在接纳原中央研究院各研究所的基础上组建了一批科研机构，亚洲历史上首个专门从事古生物学研究的机构——中国科学院古生物研究所在南京正式成立，斯行健接替李四光，先后担任古生物所代所长、所长等职务。在此期间，他还继续兼着南京大学的教学工作。

20世纪50年代初，地质研究面临的核心挑战在于煤炭资源的勘探，特别是涉及古代植物和陆相地层的复杂问题。斯行健积极响应，深入参与了陕北区域的石油地质勘探工作，并撰写了《陕北中生代延长层植物群》这部专著。在该书中，他创新性地揭示了我国中生代植物群的演变模式，并基于植物进化的视角，提出了针对中生代陆相地层的详细分类方案。这一开创性

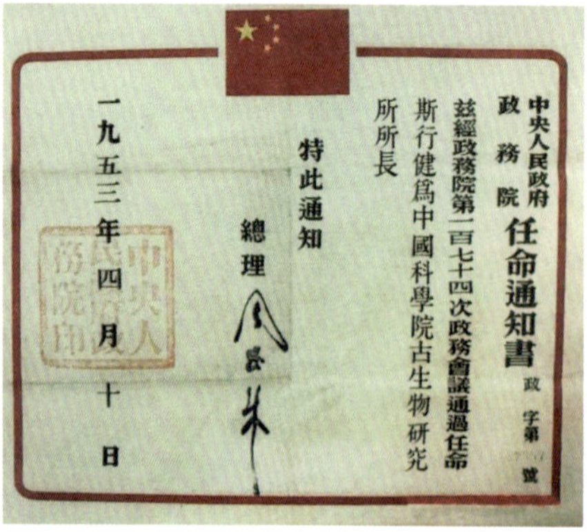
中央人民政府
政務院 任命通知書 政 字第 號
茲經政務院第一百七十四次政務會議通過任命
斯行健爲中國科學院古生物研究
所所長
特此通知
總理
一九五三年四月十日

周恩来总理签发的斯行健任命书

的研究不仅填补了国内古植物学领域的空白，而且为后续的地质研究打下了坚实的基础。

斯行健为我国古植物学事业奋斗终生，在多个领域作出了开创性的贡献，为我国古植物学和陆相地层研究奠定了坚实的基础。此外，他还非常重视科学普及工作，多次撰写科普类文章并专门编纂成册，甚至为中学生的生物课编写了专门的文章。1953年，他创作并出版了《中国古生代植物图鉴》，旨在向大众普及古植物学的专业知识，并为地质工作者提供一本实用性的手册。

关心后学，言传身教

在中央研究院的欢迎会上，斯行健表示自己回国之后的第一件事就是从事有关古植物学的教育工作，培育出一批科研人才，然后全身心地投入科学研究之中。斯行健先后担任了中央研究院地质研究所古植物研究员、北平研究院特约古植物研究员，并在清华大学、北京大学首次开设了古植物学课程，这一时期的斯行健将自己的全部时间都投入古植物学科的教育事业中。

斯行健在为研究生讲解课题

1954年，斯行健作为全国人大代表赴京参会。会议间隙，毛主席偶遇斯行健，亲切地向斯行健询问道：“你姓什么？”斯行健回答，“姓斯。”毛主席随即说，“乃天行健也。”两人就新中国地质工作进行深入交流。斯行健提到古植物学在新中国的重要性，毛主席对斯行健语重心长地说：“你要努力培养年轻的地质工作者，为国效劳呵！”

斯行健的心里始终牢记毛主席的殷切期望和李四光老师的谆谆教诲。在他的培养教育下，他的学生李星学、周志炎等人后来都成了中国科学院院士，是中国古植物学研究领域的重要领军人物。

虽然斯行健平时工作繁重，但他总是时刻关注着学生们的身心状态。看着身边的同窗业有所成，刚刚结束外派工作回到研究所的李星学显得有些急切，斯行健敏锐地察觉到了李星学的异常状态，便耐心开导道：“急于求成不是做学问的态度。青年人一定要坐得住，要能潜心于学，才有学好的希望。”接着他便为李星学讲起了自己当年在国外求学的艰辛经历，勉励李星学务必戒骄戒躁，用坚持与努力走出一条光明的学术之路。

斯行健的一番话让李星学深受启发，这一番劝导也让李星学沉下心来，潜心钻研。1991年，加拿大开普布里顿大学学院地质系E.L.佐特鲁夫博士和中国学者高志峰博士将他们发现的一个新属种——楔叶类植物化石以一位中国古植物学家的姓氏命名，称为“李氏楔叶穗”，而这位中国古植物学家，正是中国科学院院士、中国古植物学会理事长、美国植物学会终身通信会员李星学。

精神闪耀

在杭高的校史纪念馆和斯民小学的校史馆内都记载着这样一位科学家——斯行健，他是中国古植物学的奠基人，享有“中国古植物学之父”的美誉。“天行健，君子以自强不息”，他的名字，如同一座不灭的灯塔，照亮着学子们前行的道路。

斯行健不仅是一位杰出的科学家，更是一位教育的引路人。他对知识的渴望，对科学的执着追求，以及为国家科学事业奉献终生的精神，都深深地烙印在每一代学子的心中。他的事迹，让家乡的学子们明白，无论身处何地，只要有梦想，有毅力，就能走出一条属于自己的道路。斯行健的精神，已经成为斯民小学乃至他家乡的一笔宝贵的精神财富。他的故事，将永远激励着家乡的学子们，让他们以更加坚定的步伐，走向更加美好的未来。

斯行健关心家乡的教育事业，多次捐款捐物，帮助改善学校的教学条件。他还经常回到家乡，与师生们分享自己的学术经验和人生感悟，激励他们努力学习，为家乡的发展贡献自己的力量。

斯行健所获国家自然科学奖二等奖证书

斯行健不为名利所动，始终以科学事业的发展和人类知识的进步为己任。他对研究的执着和对知识的追求，超越了对个人的利益和荣誉的渴望。斯行健的崇高品质和甘于奉献的伟大精神将永远激励着代代学子，鼓舞着他们不断追求卓越，勇攀高峰。杭高学子也必将带着这份精神，走出校园，走向社会，为祖国的繁荣富强、中华民族伟大复兴贡献杭高人的智慧与力量。

院士小传

斯行健（1901—1964），字天石，浙江诸暨人。古植物学家，中国科学院学部委员（院士）。

1920年，斯行健从浙江省立第一中学校毕业，考入北京大学预科班。1926年，从北京大学毕业后，在中山大学担任学科助教。1928年，前往德国柏林大学（今柏林洪堡大学）深造，师从植物学大师高腾教授学习古植物学。1933年学成回国，在清华大学和北京大学担任学科教授。1937年，至中央研究院地质研究所工作。1951年，中国科学院古生物研究所正式成立，他先后担任代所长和所长。1953年，撰写了第一部系统总结中国古生代植物和陆相地层问题的著作《中国古生代植物图鉴》。1955年，当选为中国科学院学部委员（院士）。

执笔：孙铁方

杭高贡院校区内的“一师风潮”纪念石

程纯枢

一生与风云结缘的气象学家

按所中之训令，乃为我之安全着想，而我等仍得为责任，相机而行。此机智相诚令人不得安枕。

1932年5月，莫干山春色正好，暑气尚未蒸腾，云雾变幻，和风阵阵。程纯枢与长其一岁的小舅舅周威廷顺着陡峭的山路，登上了著名的高峰禅寺。“会当凌绝顶，一览众山小”，习惯于考前远足放松心情的程纯枢此时心中升起了凌云壮志，只等一个月后的高考中大显身手。而未来的他，也注定与眼前这片变幻莫测的风云一生结缘。

18岁的程纯枢

厚积薄发时的毅行者

程纯枢原名程廷枢，又名程忆帆（一凡）。程家祖上是安徽徽州儒商，后东迁至浙江金华。程纯枢幼时家族业已败落，他被寄养于外祖母周家，与长其一岁的小舅舅周威廷相伴长大。初中时，程纯枢到了杭州，在四伯父程震旦当校长的盐务中学读书。程震旦是当时杭城著名的教育家，视其为己出。受伯父影响，程纯枢越发好学，考入了当时浙江最好的高中——浙江省立高级中学（今浙江省杭州高级中学）。

程纯枢在杭高同样保持着优异的成绩。他的英文和国文尤为出类拔萃，这与他从初中开始就阅读英文原版的数、理、化课本的努力密不可分。而在一群优秀的同学中，程纯枢最为独特的是他始终坚持着外出远足的习惯，尤其是考前。程纯枢学习坚持功夫在平时，从不临时抱佛脚。在同学们都不肯舍弃考前的宝贵时间而埋头复习时，“考前必外出远足，以放松身心”被他视为考取高分的诀窍。

西湖十景只是他课后闲暇时散步的好去处，远足则要跑得更远些。从岳庙翻过栖霞岭直奔黄龙洞，追念岳武穆“三十功名尘与土，八千里路云和月”的爱国之情；从鼓楼外大井巷上吴山至紫阳山顶的江湖汇观亭，一览“八百里湖山知是何年图画；十万家烟火尽归此处楼台”的胜景；从吴山至玉皇山上万松岭，顺便游览梁、祝共读三载的万松书院，抑或幻想《水浒传》中宋江在万松岭打方腊的矫健身姿；在玉皇山福星道观紫来洞前，俯瞰山脚下的八卦田，一如高濂笔下“黄金作埒，碧玉为畴，江波摇曳”的妙然天成的景象；从玉皇山寻小径西行下山至虎跑，在满是苔藓的字碑上寻访书法家程震梓（程纯枢的三伯父）的墨迹……

只盯着书本上的死知识是激发不出求真创新的热忱的。“路漫漫其修远兮，吾将上下而求索。”程纯枢以远足的形式触摸着杭城的千年文脉，以求索的姿态磨砺自身不怕吃苦、不肯服输的意志，也开启了他对自然科学执着探索的一生。

程纯枢先生之子程德保先生在《情系风云：气象学家程纯枢院士的一生》中谈道：八卦田使父亲好学的心中早年就迸发出一个大问号，从八卦田问到八卦，从八卦问到《周易》（《易经》），在四伯父的藏书中，最多的、最深奥难懂的，却是最吸引他的——《易经》。

四伯父毕生专事“易学”研究，他喜爱好学好问的侄儿，鼓励他遨游浩瀚的书海去增长学问。“书山有路勤为径，学海无涯苦作舟。”问天、问地、问宇宙……从古代科学到现代科学，从此，父亲的一生都在学，都在问。

从杭高进入清华园后，程纯枢由最初的清华大学机械系转到了地学系，后又怀着探求大自然奥秘的强烈愿望，考入著名气象学家竺可桢创办的中央研究院气象研究所，成为竺可桢先生的研究生。那个从八卦田中诞生的问天理想最终得以实现。年少时在杭城的毅行最终为他铺就了一条成为杰出的实践型科学家的道路。

风云变幻中的坚守者

“济所停顿，务他运。请示泰机宜。枢。”这是程纯枢于1937年10月18日发给竺可桢的一封电报里的内容。

对于程纯枢这一代的科学家来说，他们要面对的不只有研究领域的难题。1937年9月，日本侵略军大举进攻华北，华北大地已是炮声隆隆。此时的程纯枢已被竺可桢派往泰山日观峰气象台担任测候员，研究日射问题，并担任首任主任一职，主持台务。

泰山日观峰气象台是竺可桢创办的中国第一个永久性高山气象台。当时的《气象杂志》称其为“亚洲地势最高，设备最齐全”的高山气象台，代表了当时我国高山气象观测的最高水平。

创建于战争年代的日观峰气象台因其特有的地理优势与气象设

备，为抗击日寇提供了大量的航空气象观测资料。但随着日军空袭山东，日观峰气象台周边局势越发严峻。出于安全考虑，程纯枢等人本该尽快撤离，但以首任日观峰气象台主任程纯枢先生为代表的11位泰山气象工作者，以“未奉训令，即炮火临门，亦不敢擅自行动也”之负责任的精神，为抵御外侮，置生死于度外，坚持在泰山继续提供航空气象观测资料。上文的电报便是程纯枢于危局之中请示竺可桢泰山日观峰气象台当如何应对、是否撤离的相关内容。

坚守泰山的誓言成为爱国气象工作者在中国气象史上留下的光辉一笔。但程纯枢的坚守并非全然意气用事。科学家的冷静头脑促使他不断审时度势，衡量利弊，于危急关头运筹帷幄。程纯枢在给涂长望的信中写道：“按所中之训令，乃为我之安全着想，而我等仍得为责任，相机而行。此机智相诚令人不得安枕。目前情势，因安全尚未至最后日期，故仪器尚可随人携出（铁路包件已停），但目前近郊未入战区，而我等也不舍得走，但若至舍得走时，交通完全混乱而不可携带物件……”直到1937年12月28日，程纯枢、王履新把气象观测的仪器掩埋后才从泰山撤离。三天后，日本侵略军便占领了泰安城。

程纯枢在坚守研究基地与保护仪器之间纠结，却始终不曾考虑个人安危。1949年后，华东地处重要战略位置，抗美援朝期间又十分需要气象情报资料，在程纯枢的直接领导和关心下，泰山气象站于1953年恢复建站。在狼烟四起、风云变幻之际，以程纯枢为代表的一代爱国气象学家们，坚守在泰山之巅。他们的身影也与这座象征着国家兴盛、民族存亡的泰山一同，永远屹立在我们心中。

精神闪耀

程纯枢去世后，长子程德保将他的骨灰由上海送至杭州，再由杭州气象局派车送往金华，安葬于龙山公墓。这番转运的目的是让程纯枢能够与他度过青春年华的杭州作最后的告别。

程纯枢少年时在杭州盐务中学和杭高受到良好的教育与理想的启迪，与妻子裘也民在杭州西湖边的楼外楼订婚，这些美好的片段都构成了程纯枢心中的杭州情结。1946年，程纯枢放弃留在美国深造的机会，应竺可桢的召唤返回中国。一回国，他就专程赶到杭州为四伯父带去从美国买回的助听器。又去河坊街与小舅舅相聚，二人照例进奎元馆吃一碗沃面，一碗热汤面下肚，才算是到了家。

程纯枢毕业后，仍与杭高的好友们保持着联系，母校的情谊将他们联结在一起。据长子程德保先生回忆："当时经济极度混乱，金圆券买不来食物，人们的生活苦不堪言。父亲通过在美国援华组织工作的杭高老同学的关系，搞来不少'二战剩余物资'，主要是肉罐头和奶酪，解决了职工的燃眉之急。"谁又能不为这一份危难之中的杭高情谊感叹呢？

读书时的毅行，动荡中的坚守，困难时的互助……程纯枢院士留给我们的远不只是他杰出的学术成就，还有他光辉的、始终闪耀的精神。

院士小传

程纯枢（1914—1997），浙江金华人，祖籍安徽徽州。气象学家，中国科学院学部委员（院士）。

1932年，程纯枢从浙江省立高级中学毕业，同时被浙江大学和清华大学录取，最后选择就读于清华大学。1936年，毕业于清华大学地学系气象专业。1945年，赴美国芝加哥大学、美国气象局水文气象处留学深造。1946年，应召返回中国，先后任上海气象台台长、中央气象局总工程师和副局长等职。1980年，当选为中国科学院学部委员（院士）。

程纯枢致力于大气探测、中国气候和气候资源及农业气象等方面的研究，为中国气象台站网的创建以及气象资料的收集、整编和管理工作的条理化、实用化和规范化作出了卓越贡献，开创和引领了中国早期天气预报研究工作。有《西北的气候》等著作。

执笔：苏若璇

杭高贡院校区民主广场

程裕淇

为国寻矿育才的地质学领路人

如果不能亲自上山指导研究生工作，我就不再带研究生了。

教室里挂着一张地图，地图上的路线连接着两座繁华的城市——上海和伦敦，虽然不能借助先进的计算机技术展示沿途港湾的美丽图片，但浙江省立二中初中部的徐觉民老师带着他的学生们用英语描绘了这条未知而闪光的道路。

程裕淇盯着那张地图出了神，他仿佛从这张简单的地图上看到了这条线路上的港湾、城市和海洋的动人风光。这条线路引领着他走上了探究地质之路，纵贯几个冰期，横穿几个圈层。少年眼神中的光彩最终成为闪烁的星光，照亮了中国的变质地质学。

活泼严肃的学生生活

程裕淇，一个名字，一部传奇。他的故乡——浙江嘉善，一个孕育了无数英才的江南水乡，不仅滋养了他的成长，更在他的心中留下了深深的烙印。

嘉善，这片绿意盎然的土地，自古以来便是文人墨客的向往之地。程裕淇的父亲程成鉴是晚清秀才、贡生，他对儿子寄予厚望。在程氏家族私立的秉义小学，程裕淇接受了启蒙教育，这为他打下了坚实的学习基础，也培养了他对知识的热爱。随着年岁的增长，程裕淇进入县立第一高级小学，他的成绩一直名列前茅。父亲不仅要求他完成学业，还引导他读《三国演义》《东周列国志》等历史名著。

在阅读的过程中，还是孩童的程裕淇发现了一些好听的地名——兰陵、幽州，可是这些地名在地图上怎么都找不到，一向喜欢独立解决问题的小裕淇询问在学业上帮助他颇多的父亲。父亲听闻他的苦恼后，竟拊掌大笑，转身去家里的藏书处，翻找出一本有些破损的地图。这位涉猎甚广的知识分子指着地图上的地点一一向儿子作了解释："裕淇，这本是家藏的《皇朝一统舆地全图》，这本图册虽珍贵，但你可以随意翻阅。"从此，程裕淇借助这本书来核对古今地名的异同，又结合史传，研究古时战争的作战行军路线，这些知识不仅拓宽了他的视野，更激发了他对地理学的浓厚兴趣。

在红墙绿树掩映下，少男少女们在春天的小路上打羽毛球，程裕淇也和同学们一起参加晚饭前的球类体育活动。这里是浙江省立第一中学（今浙江省杭州高级中学），当时和他一起从浙江省立二中转学至此的8名同学都在这里感受到了独立、严谨的学风和温馨、友爱的同学情谊。

住校期间，程裕淇和同学们一起自修，做功课，感情融洽，特别是和同一自修室的同学们相处的过程，即使60年后提起，仍让程裕淇感到美好。

"裕淇，今夜有功课的检查，老师说主要是笔试。"

"裕淇，明日老师评估论文，之前的参考书能借我阅读吗？"

"裕淇，你这份论文中的观点独特，虽说与我所抱持的并不相同，却令我欣赏。"

1938年，程裕淇（中）在英国利物浦大学获得博士学位时与同学合影

高中时期的程裕淇喜欢和同学相处，也喜欢窝在角落里自己思考：学校四进门口有一块小草坪，程裕淇喜欢在那里思考。中国矿产的类型是不是只有课本上写的这些？矿产和冰期有什么关系？死火山和活火山的区别在哪里？当时省立一中的老师们不仅不阻止这些年轻人的幻想，并且支持孩子们独立完成自己的论文。

当时的场景还历历在目，但返校时，省立一中还是有不少变化。“那时我们一部的学生全部住校，”程裕淇回忆，“大房间，约各住18人。”学生寝室和自修室如今仍保存完好，更名为第三进、第四进和第五进教学楼，当年的健身房已被拆除，名远楼也在20世纪30年代初塌毁。但那些和同学们相处的往事，经历60年仍未磨灭。

省立一中自由而严谨的校风，鼓励了学生们的独立思考。程裕淇那一届有7人被清华大学录取，这所高中也因此扬名清华园。

实践比理论更严谨

从清华大学地学系毕业，程裕淇面临人生的一个重要抉择——就业。他敬仰的翁文灏时任实业部地质调查所所长，这给了他一个明确的方向。尽管地质调查所选拔严格，即使是著名的学者也需经过考试，但程裕淇并未退缩。他毅然决定报考。程裕淇顺利通过了考试，开始了为期一个月的试用期。他的任务是填制“北平西山西北部1∶25000地质图”。凭借大学期间练就的扎实的基本功，他圆满完成了任务，并于1933年9月正式成为实业部地质调查所的一员。

1934年底，程裕淇在湖南野外的工作照

地质调查所内学科研究室林立，程裕淇被分配到了矿物岩石研究室。他明白，作为一名新入所的地质人员，他需要经历一个长期的学习和锻炼过程。从实习员到技佐，再到技士，每一步都需要时间和实践的积累。他并不急躁，而是踏实地跟随前辈学习，锤炼自己的基本功。

在矿物岩石研究室里，他获得了几次重要的实践机会。他先是被派往安徽省庐江县大矾山勘查矾石矿。这是一次艰苦的野外工作，但他却乐在其中。他与同事陈恺一起，用了8天时间进行地形测量和地质观察，测制了约40平方千米的产矾石地带的1∶20000地形地质图。他们取得的明矾石矿的主要产地和形成机制成果，为后来的开发提供了重要依据。

程裕淇又与熊永先一起前往湖南益阳板溪调查锑矿。这是他第一次接触坑道工作，边实践，边总结，即使是第一次接触的工作他也完

1982年，程裕淇在昆明参加IGCP磷块岩项目研讨会后进行地质考察

1990年，程裕淇在中国地质科学院工作室研究阜平群变质岩

成得很好。后来，程裕淇随谢家荣前往福建省中东部调查金属矿。他们在福州市、厦门市和安溪县等地进行了深入的调查和研究。他们发现了多个具有开发潜力的铁矿和钼矿。这些发现不仅为我国的矿业发展作出了贡献，也进一步展现了程裕淇的地质学才华。

当然也有不顺利的实践经历。1945年12月，程裕淇在墨西哥考察一座400多米高的锥形山体——帕里库廷火山，该火山喷发周期以“分”为单位，喷发带起的浓烟使得周围能见度极低。考察的危险性不言而喻，活跃的火山会带起火山灰和火山弹，饶是作好了准备，程裕淇还是被这些细细密密的火山弹砸得鲜血直流。但这可是一次难得的实践机会啊！程裕淇翻过山顶，进入火山口，因为他深知实践出真知的真理。活火山喷发会直观地呈现出火山结构，这对国内火山的研究有宝贵的借鉴意义。

1948年5月，程裕淇登上了南京东南郊区的方山，这是一座死火山，但借鉴帕里库廷火山的发育规律，他确定了方山火山喷发的周期与地质背景。

理论往往是基于假设和简化的模型，而实践则需要我们在真实的环境中应对各种不可预见的情况。程裕淇通过实践，更加深入地了解事物的本质和运作方式，依此检验和完善已有的理论。

在不断实践和调整后，程裕淇提出了一个具有划时代意义的地质工作方法。1985年，他强调，地质工作必须做到几个结合：野外与室内工作相结合，宏观与微观相结合，直接观察与间接观察相结合，体力劳动与脑力劳动相结合，点与面相结合，理论与实践相结合，以及不同科学技术方法的紧密结合。这一方法论的提出，展现了程裕淇对科学真理的不懈追求和严谨态度。

一生育人，载德立业

在研究过程中，程裕淇并不是孤身一人。即使在87岁高龄时，他仍不顾年迈，亲自奔赴野外指导学生实践。这似乎是一场双向奔赴，他带领着无数热爱地质的年轻人涉足那个深深吸引他们的世界。他曾说：“如果不能亲自上山指导研究生工作，我就不再带研究

走出研究实践，他与社会实践也联系得十分紧密，活跃在与地质有关的社会活动中。在任职全国政协第四届、第五届委员，第六届、第七届常务委员期间，他积极履行参政议政职责，提出了多个针对地质科学、资源勘查、生态环境保护、科技创新和人才培养等方面的建议。

程裕淇对我国矿产资源调查、开发过程中的破坏、浪费和环境污染问题认识深刻。1991年，他在政协会议发言中提出，要把“十分珍惜、合理利用、有效保护自然资源”作为一项基本国策……真正树立起我国自然资源的危机感，树立“以节约自然资源为荣，以浪费破坏自然资源为耻”的社会新风尚，要促进经济走资源节约型、资源集约化道路，要为国家的未来考虑，要为子孙后代造福！

2002年1月，程裕淇先生在北京逝世，享年89岁。弥留之际，他还心系祖国的未来，捐献了自己的“何梁何利奖”奖金及个人部分积蓄共计20万元，设立了“程裕淇研究生奖”，以此鼓励后辈科研学子。程裕淇先生以此表达对祖国的深厚感情和对科研事业的执着追求，也展现出他作为一名科学家的高尚品德和社会责任感。

2005年，国务院发出《关于做好建设节约型社会近期重点工作的通知》。程裕淇提倡的建设资源节约型社会的主张，终于成为一项基本国策，成为全民行动的指导方针。

时任国务院总理温家宝撰写的题词，概括了程裕淇闪耀的一生：

“淇奥载德立业，裕如强国富民，七秩地质生涯，科技管理兼盈。”

精神闪耀

在程裕淇的心中，母校不仅是知识的殿堂，更是他情感的寄托。每当提及母校，他的眼中总是闪烁着温暖的光芒，仿佛又回到了那段青涩的少年时光。在学术领域取得卓越成就后，他多次回到母校，与师生们分享自己的学术经历和心得，激励他们追求科学真理。他还捐资设立了奖学金，鼓励优秀的学子继续努力，为国家的科技进步贡献力量。他的事迹不仅激励着一代又一代的学子，更传递着一种深深的家乡情怀和母校情结。

程裕淇对家乡的一草一木都充满了深厚的情感。每当他回到嘉善，都会深入乡间地头，考察家乡的自然环境和资源状况。他知道家乡的发展离不开科学的规划和可持续的利用，因此他积极倡导科学发展的理念，为家乡的规划和建设提供宝贵的建议。在程裕淇的推动下，嘉善县开始注重地质资源的保护和利用。他利用自己的专业知识，对家乡的地质资源进行了深入的调研和分析，提出了许多具有前瞻性的建议。这些建议不仅为家乡的地质资源保护提供了科学依据，也为家乡的经济发展注入了新的活力。

程裕淇院士的事迹激励着更多的人关注家乡的发展，为家乡的繁荣和进步贡献自己的力量。在程裕淇院士的带动下，嘉善县正焕发出新的生机和活力，向着更加美好的未来迈进。

院士小传

程裕淇（1912—2002），浙江嘉善人。中国地质学界的泰斗，变质岩和前寒武纪地质研究的领头人，中国科学院学部委员（院士）。

1929年，程裕淇毕业于浙江省立第一中学。1938年，程裕淇在英国利物浦大学获得博士学位后，立即回国，投身祖国的地质研究。他提出了铁矿成矿系列的概念，以及混合岩系列和混合岩化成矿的观点等。这些理论不仅丰富了我们对地球的认识，也为我国的矿产资源开发提供了理论支持。1955年，当选为中国科学院学部委员（院士）。

1982年，程裕淇的研究成果“中国地质图类及亚洲地质图系列成果”荣获国家自然科学奖一等奖，这是对他几十年科研工作的最高认可。程裕淇一生对科学真理不懈追求，更有一份对祖国的深沉热爱。

执笔：周辰芮

后　记

之江院士，国之脊梁，之江楷模。钟灵毓秀的浙江大地，学者志士辈出，院士众多，记录这批院士，挖掘院士成长故事，将科学家精神变为一个个故事传承下去，是我们的责任和使命，遂有《之江院士成长之路》这套丛书。丛书从七年前开始策划，广泛收集了近百位院士资料，最终结集为《之江院士成长之路　贡院启航》《之江院士成长之路　求是菁华》《之江院士成长之路　明州俊杰》《之江院士成长之路　钱江潮涌》四本，记录着一个个之江院士成长与奋斗的故事。

《之江院士成长之路　贡院启航》聚焦院士们在杭高成长、奋进的早年岁月，深入展示了他们的科研追求与探索历程，其中既有历史档案的印记，也包含院士们的珍贵留影和亲笔寄语，本书通过丰富的图片资料，向读者呈现了一幅幅生动的画卷。

在本书的编撰过程中，编撰团队始终秉持真实、客观、生动的原则，对史料进行深入挖掘和精心梳理，在尊重史实的基础上生动地讲述了院士们的成长故事。编撰中，编撰团队得到了众多专家学者的悉心指导和无私支持。特别感谢丛书主编徐善衍先生和执行主编司马一民先生的鼎力相助，他们以其深厚的学术造诣和丰富的实践经验，为本书的编撰工作提供了宝贵的建议和意见，确保了内容的准确性和权威性。杭高的唐新红校长、高利副校长、包素茵老师以及各位编委，为本书提供了丰富的历史资料、独到的见解、精彩的文笔，使院士们的形象更加鲜活立体。本书图片若无特别说明，均由浙江省杭州高级中学校史馆提供。此外，衷心感谢丛书总策划、浙江教育出版社集团总编辑蒋婷女士，她在策划出版等环节倾注了大量心血。

本书不仅是关于院士成长的“浙江故事”，更是一部能够激励年轻一代追求科学梦想的励志之作。阅见思想光芒，追望真理大道；礼赞强国楷模，传递精神薪火。愿本书能够成为传播科学知识、弘扬科学精神的重要载体，激发更多的青少年热爱科学、追求真理。由于时间有限、资料浩繁，书中难免会出现疏漏，衷心希望广大读者提出宝贵意见，我们将及时改正。

最后，再次对所有参与本书编撰、出版工作的人员表示衷心的感谢，正是大家的共同努力，才使得这部记录之江院士成长之路的作品得以问世。

编　者

2024年5月

青春岁月，贡院启航

图书在版编目（CIP）数据

贡院启航 / 司马一民执行主编 ; 唐新红，高利分册主编. -- 杭州 : 浙江教育出版社，2024.5（2025.6重印）
（之江院士成长之路 / 徐善衍主编）
ISBN 978-7-5722-7791-7

Ⅰ. ①贡… Ⅱ. ①司… ②唐… ③高… Ⅲ. ①传记文学－中国－当代 Ⅳ. ①I25

中国国家版本馆CIP数据核字(2024)第090277号

之江院士成长之路　贡院启航

ZHIJIANG YUANSHI CHENGZHANG ZHI LU　GONGYUAN QIHANG

丛书主编　徐善衍
执行主编　司马一民　分册主编　唐新红　高　利

总 策 划　蒋　婷
责任编辑　韦春明　沈久凌
营销编辑　滕建红
美术编辑　曾国兴
封面设计　数传(上海)企业发展有限公司
责任校对　朱雅婷
责任印务　刘　建
出版发行　浙江教育出版社
(杭州市环城北路177号　　电话:0571-88902128)
图文制作　杭州兴邦电子印务有限公司
印刷装订　浙江新华印刷技术有限公司
开　　本　787mm×1092mm　1/16
印　　张　16.75
字　　数　200千字
版　　次　2024年5月第1版
印　　次　2025年6月第2次印刷
标准书号　ISBN 978-7-5722-7791-7
定　　价　98.00元